VINGT ANS ET DES POUSSIÈRES

Imaginer une actrice qui ne tourne pas, un écrivain qui n'écrit rien. Sortir de sa retraite un meneur de revues mythomane.

Les disperser sur une pièce de théâtre en déroute à bord d'un lycée niçois. Saisir au moment des législatives à l'aide d'une paire de politiciens pointus. Saupoudrer de quelques empoignades syndicats-parents d'élèves bien épicées. Ajouter un jardinier trop cultivé pour être heureux, puis relever le tout d'un voyage au pays des call-girls.

Laisser réduire le côté gris de la vie et déguster Sandra dans ses dix-huit ans. Verser une larme, rire à feu vif… et puis renoncer à tout : vous le savez bien, pour réussir un roman, il n'y a pas de recette qui tienne.

1982 : A vingt ans et des poussières, son premier roman. Suivront des pièces de théâtre, des scénarios pour la télévision et le cinéma, de la mise en scène. Au milieu de ces diverses activités, beaucoup d'autres romans, traduits en plusieurs langues. En 1994, Un aller simple *a été couronné par le prix Goncourt.*

DU MÊME AUTEUR

Poisson d'amour
Seuil, 1984
et « Points Roman », n° R224
prix Roger Nimier

Madame et ses flics
Albin Michel, 1985

L'Astronome
Papiers, 1986

Les Vacances du fantôme
Seuil, 1986
et « Points Roman , n° R316

Le Nègre
Actes Sud, 1986

L'Orange amère
Seuil, 1988
et « Points Roman », n° R404

Un objet en souffrance
Albin Michel, 1991
et « Le Livre de poche », n° 9708

Cheyenne
Albin Michel, 1993

Un aller simple
prix Goncourt
Albin Michel, 1994

Didier van Cauwelaert

VINGT ANS ET DES POUSSIÈRES

ROMAN

Éditions du Seuil

TEXTE INTÉGRAL

ISBN 2-02-025460-3
(ISBN 2-02-006171-6, 1re édition brochée
ISBN 2-02-008607-7, 1re publication poche)

PREMIÈRE PARTIE

Dans sa trente-cinquième année, le nain du cirque Barnaboum se mit à grandir.

Marcel Aymé, *Le Nain*.

On imagine les rapports entre un écrivain qui n'écrit rien et une comédienne qui ne tourne pas. Sandra a dix-huit ans et ses parents sont photographes. La seule figuration qu'elle ait faite, jusqu'à présent, c'est à la lettre F du Petit Larousse. Le fromager est un arbre d'Afrique, géant, de la famille des malvacées. Sur la photo on la voit, toute petite près d'une racine, pour bien montrer la taille du fromager. Un jour, peut-être, elle crèvera l'écran. En attendant elle est interne, passe son bac dans un mois, et il faut une loupe pour la reconnaître.

Elle est belle, joyeuse, inactive, son insouciance lui tient lieu de talent, et elle déclare à tous les vents qu'elle ne fera jamais rien d'autre que du cinéma. On la plaint, on l'envie, on l'admire. On dit qu'au moins, elle a un but. Dans un monde d'inquiets besogneux, déguiser sa flemme en vocation est le seul moyen d'avoir la paix.

Norbert est amoureux d'elle depuis trois mois. Pour éviter qu'elle ne s'en aperçoive, il la traite avec une indifférence hostile qui lui coûte beaucoup et ne lui apporte rien. C'est un gros garçon costaud, gauche et bourru, toujours assis au fond des classes où il chuchote d'une voix de stentor des commentaires incongrus qui ne font rire personne. Destinées à faire monter sa cote auprès des filles, ses plaisanteries font descendre sa moyenne. Il accroche les zéros à son tableau de chasse, résigné, stoïque

Tête à claques et faible en tout par souci de virilité, il a eu récemment une idée de génie. Chaque fois qu'un de ses professeurs lui fait une observation, il va le voir à la sortie, écoute les remontrances d'un air constipé. Comme il ne dit rien, ça se finit généralement par un « Mais enfin, qu'est-ce que vous avez ? » Alors il répond, les yeux baissés, s'excusant :

— C'est que... j'écris.

Stupéfaction. On s'attendait à tout, sauf à ça.

— Vous écrivez ?

— Oui, monsieur.

— Mais vous écrivez quoi ?

— Des romans, fait-il avec un petit haussement d'épaules, modeste.

Désarçonné, le professeur demande alors s'il peut voir. Norbert prend un air douloureux pour consentir, mais réclame un peu de patience : il n'a plus d'exemplaires disponibles. Il a une petite machine, n'est-ce pas, il ne peut faire que trois carbones...

Du coup on met sa gaucherie sur le compte de l'angoisse, on explique la médiocrité de ses devoirs par les exigences de sa recherche intérieure, et ses chahuts qui tombent à plat par un besoin de se défouler. Ça n'excuse pas, mais ça rassure. Les professeurs aiment bien comprendre, et comme ils se veulent psychologues, leur indulgence se tourne vers les caractères complexes qu'ils pensent avoir déchiffrés. Ils disent à Norbert : « Il faut écrire, c'est bien, mais il faut aussi que vous ayez votre bac. » Il hoche la tête. Donnant donnant. Il aura *avis favorable* sur son livret scolaire.

Il s'approche du terrain de basket, où il a aperçu Sandra. Elle est dans sa période blonde. Elle se teint les cheveux pour s'amuser, fait des mélanges, change de couleur tous les mois. Il est midi et demi et elle apprend un rôle, sur le terrain désert, marchant d'un panier à l'autre. Elle tient son texte dans son dos, il y a du vent et les pages claquent. Du réfectoire descendent des bruits de voix, des sons de couverts. Norbert remonte de l'étude où il a fait semblant de chercher l'inspiration, pendant une heure. Elle avance, la tête basse, remuant les lèvres.

— Tu ne vas pas manger ? attaque-t-il.

Elle relève les yeux.

— *Mais s'il est décervelé, docteur...* Pardon ?

— Non, je disais : tu ne vas pas manger ?

Il a parlé avec brusquerie. Elle le regarde en souriant. C'est la première fois qu'il lui adresse la parole. Il a le soleil dans le dos et elle cille. Il rougit. Elle est en A, il est en C, ils sont ensemble trois heures par semaine, en cours d'anglais langue 2.

— Tu veux que je te fasse réciter ? propose-t-il fermement.

Elle hausse un sourcil, amusée, lui tend son texte.

— C'est le rôle de l'infirmière, précise-t-elle.

Il regarde le manuscrit. Ça s'appelle *Johnny got his gun*. Elle dit :

— C'est une adaptation, d'après le bouquin de Dalton Trumbo, et puis le film.

Il hoche la tête d'un air expert. En fait il s'y connaît surtout en moto. Il feuillette rapidement. Soixante pages, vingt-six scènes, l'infirmière, l'infirmière, l'infirmière.. Il est parti pour sauter un repas.

— On y va?

— On y va.

Et ils arpentent le terrain de basket, côte à côte, elle récitant avec entrain des choses hermétiques, et lui la reprenant.

A la fin de la pièce, ils font connaissance. Sandra s'amuse beaucoup de ce gros type à l'air empaillé qui traite l'insouciance comme une tare.

— Et qu'est-ce que tu veux faire? demande-t-elle.

— Je ne sais pas», réplique-t-il. Et il ajoute avec raideur: «Je me cherche.

Elle rit.

— Moi, j'attends qu'on me trouve.

Elle a une pointe d'accent anglais, très sexy, qui le rend triste. Encore une qui n'est pas pour lui. Il est d'une clairvoyance qui frôle le masochisme.

— D'abord», dit-il sur le ton de celui qui a fait le tour des choses, «quand tu réfléchis à ce qu'on a écrit depuis le début du monde... Tout a été dit. Ce que tu peux écrire, c'est comme si tu le pompais.

Il va pour développer cette idée, mais son ventre gargouille. Il est deux heures moins dix, la cour se remplit. Elle le regarde avec une attention admirative et il se demande pourquoi. A tout hasard, il prend un air modeste.

— Tu sais rester deux heures sans bouger ? s'informe-t-elle soudain.

Il fronce les sourcils. Il soulève soixante-dix kilos en salle de musculation, saute un mètre cinquante-cinq, grimpe deux cordes de suite à la force des bras. Il s'arrange toujours pour glisser ces détails dans la conversation, quand il parle à des filles. D'habitude, ça leur suffit. Voilà qu'il va devoir se mettre au yoga.

— Bien sûr, riposte-t-il agressif.

— Super ! » s'exclame-t-elle en refermant d'un coup les deux mains sur son bras. « Ça te dirait de venir avec moi au club-théâtre ?

Il ouvre la bouche, émerveillé, se reprend aussitôt.

— Ben oui, pourquoi pas, fait-il avec un haussement d'épaules.

Après les cours, à cinq heures, Sandra monte dans la salle de l'internat où ont lieu les répétitions. Norbert la suit, son casque à la main. Elle pousse la porte et lance à la cantonade, rayonnante :

— J'ai trouvé Johnny-couché !

C'est ainsi que par amour, Norbert devient cul-de-jatte, manchot, aveugle et sourd-muet. Le rôle de Johnny-couché est un rôle de décomposition. Pendant trois heures, deux fois par semaine, il est étendu sur un lit sans matelas, couvert d'un drap, la figure bandée, les jambes et les bras passés entre les ressorts du sommier. Touché par un obus, il est mort aux trois quarts et ne vit plus qu'en voix off. Autour de lui évoluent ses fantasmes, qui sont les autres personnages de la pièce. Il a le rôle central. Ils n'ont pas pu prendre un mannequin, parce que Johnny-couché doit remuer la tête pour communiquer en morse avec l'infirmière.

Il a fait remarquer timidement que pour les répétitions, il pourrait peut-être rester simplement assis sur une chaise… Mais ils lui ont expliqué que c'était lui qui donnait le climat de la pièce, et que s'ils ne sentaient pas sa présence sous le drap, ils ne pouvaient pas jouer.

Sandra lui demande tout le temps s'il va bien, pendant les pauses, lui apporte des verres d'eau. Tout le monde est très gentil avec lui. Ils cherchaient Johnny-couché depuis trois mois.

— Et comment va votre fils ? demande la cliente en regardant les petits gâteaux.

La boulangère pousse un soupir, écarte les bras.

— Demain il a un contrôle. En philo…

— Ah. Alors je vous prends juste une baguette.

La cliente paie et s'en va, disant pardon à un vieux monsieur qui vient d'entrer en la bousculant.

— On les fait trop travailler, dit une autre dame à un chauve.

Le chauve hoche la tête. Les clients de la boulangerie suivent de très près les études de Frédéric. Ses parents l'emploient comme pâtissier, et quand il a des soucis ses choux sont à moitié vides et ses tartelettes toutes molles.

— C'est qu'en plus, confie la boulangère à la dame, voilà qu'il s'est mis en tête de faire du théâtre…

— Du théâtre ! s'exclame la dame.

Émile Mosca a dressé l'oreille.

— Oui, il répète une pièce, à son lycée. Hier soir, il est encore rentré à point d'heure.

— Moi je dis, glisse la dame, on laisse bien trop de liberté aux enfants. Un viennois. Non, pas celui-là, l'autre. Le moins cuit. Enfin, moi, ce que j'en dis, hein...

La boulangère soupire à nouveau.

— Qu'est-ce que vous voulez, il faut le comprendre, aussi : il va pas reprendre la boulangerie, pour ce qu'on gagne et le travail que c'est...

— Oui, mais alors, chantonne le chauve d'un petit air pointu, on finira peut-être aussi par aller ailleurs...

— Vous voyez bien, se désole la boulangère. Comment vous voulez qu'il ait le cœur à l'ouvrage...

— Au suivant ! beugle Émile qui est pressé.

La dame ramasse son viennois et sort en le fusillant du regard. Le chauve achète un petit sachet de levure et file aussitôt, sans se retourner.

— Et pour vous, monsieur Mosca ?

— Six baguettes, une flûte, deux fougasses », annonce Émile. Et il ajoute, après un instant de réflexion : « Et une douzaine d'éclairs.

— Vous savez, le prévient gentiment la boulangère en emplissant ses filets, mon fils, demain...

— Oui, oui, je sais, coupe Émile, mais après tout, hein, ce n'est pas sa faute...

La boulangère essuie son front d'un revers de main, contente qu'on ait compris son fils. Elle sourit au vieil homme :

— Eh non... Attendez, je vais vous choisir les beaux.

Émile a posé ses paquets et envoie les mains dans son dos, jouant avec sa laisse. Tous les matins, il promène l'épagneul du troisième gauche.

— Ça lui plaît, alors, le théâtre ? demande-t-il mine de rien.

La boulangère dispose avec amour les petits gâteaux dans un carton.

— Ça, lui plaire, on ne sait pas... Vous savez, on ne sait jamais trop bien ce qu'il pense... En faire, il en fait. Mais ça doit être dur, aussi... C'est vrai que vous avez été un peu de la partie.

Émile sort son porte-monnaie.

— Un peu, un peu... Vous êtes modeste.

Elle remue pensivement la tête en frisant la ficelle.

— Et qu'est-ce que c'est, comme pièce ?

— Oh, une pièce anglaise, je crois. C'est l'histoire d'un docteur dans un hôpital. Il branche un malade, il le débranche, je ne sais pas, ça a l'air assez compliqué... Et avec ça, monsieur Mosca ?

— Rien, rien, c'est tout.

Il lui tend un billet, hésite à aller plus loin dans ses questions. Les clients poussent derrière lui. Il ramasse sa monnaie et tire sur la laisse, entraînant l'épagneul qui reniflait les pochettes-surprises.

Émile Mosca est entré en 1930 comme choriste à Mogador, dans *la Vie parisienne*. Il a chanté des dizaines de rôles au Châtelet, à la Gaîté-Lyrique, avant de venir s'établir à Nice, où il a monté des numéros de music-hall, des revues, des opérettes, à la Jetée-Promenade. C'était un casino sur pilotis que les Allemands ont détruit pendant la guerre, pour récupérer la ferraille. Alors Émile est parti poursuivre sa carrière à Marseille. Aujourd'hui il est revenu à Nice, et s'est retiré côté jardin. Il a soixante-douze ans. Chaque matin il astique ses photos, comme on arrose des fleurs.

Il habite avec sa femme et son beau-frère, au numéro 5 de la traverse Longchamp, une ruelle oubliée entre une église russe et des zones piétonnes. Antoine, le beau-frère, est retombé en enfance. Il faut lui faire sa toilette, l'aider à manger, lui mettre de côté les journaux dans lesquels il fait du découpage. En l'habillant, le matin, Émile retrouve pour quelques minutes l'impatience fiévreuse des coulisses. Il recoiffe l'illusionniste, rudoie les danseuses légères, brosse les fracs, vole dans les plumes. Gagné par l'ivresse des préparatifs, il lui arrive de déshabiller Antoine, à peine boutonné, pour lui passer d'autres vêtements.

A sept heures, il va porter le café à sa femme. Puis il descend rendre service. Il sonne à toutes les portes, reçoit les listes de commissions qu'il classe. Il emmène les gosses à l'école, fait pisser les chiens, change les plombs, repeint les murs, décore l'escalier pour les fêtes. Sa minutie martiale fait trembler plus d'un locataire, mais il offre son aide d'un air si solennel qu'on se sent coupable quand on n'a pas besoin de lui. A moins d'être vraiment égoïste, on s'estime contraint d'être son obligé. Aussi redoute-t-on à chaque palier son coup de sonnette. A l'inévitable question « Vous avez besoin de quelque chose ? », beaucoup ont envie de répondre « On a déjà donné. »

Les enfants l'aiment bien parce qu'il fait peur aux parents. C'est une sorte de personnage magique, à la fois père Noël et Croquemitaine, qui vient les enlever à leur famille et ils marchent tout contents dans la rue, derrière lui, balançant leur cartable, se disant qu'un jour Émile quittera le chemin de l'école pour les emmener au bout du monde.

— Halte ! crie Émile en s'arrêtant, à chaque coin de rue.

Le détachement stoppe, coudes au corps, le front haut. Émile les compte, et on repart.

— *Je suis l'é-poux de la reine -poux de la reine -poux de la reine, le roi Ménélas, le Mé-né-mé-né-las,* chante Émile d'une voix forte et les persiennes s'ouvrent au-dessus d'eux.

— *Il est l'é-poux de la reine -poux de la reine -le roi Ménélas,* reprennent en chœur les enfants.

Les balayeurs qui arrosent le trottoir les saluent en rigolant, font semblant de les asperger. On arrive à l'école et Émile lâche ses troupes sous le préau. La maîtresse frappe dans ses mains pour les faire mettre en rang. Émile s'incline, et part au marché.

En voyant arriver la petite silhouette pigeonnante au costume de velours noir, les commerçants poussent des soupirs. Six filets à la main, un poing dans la poche, la lèvre avancée dans une moue terrible, Émile ouvre les portes avec le pied dans un tintamarre de clochettes. Il goûte tout, presse les camemberts, tâte les melons, secoue les noix de coco, sent les volailles, retourne les ouïes des poissons. Tout est pour lui un cas de conscience, de la qualité des fraises à la santé des voisins. L'immeuble est mis sur l'heure au courant d'un rhume au rez-de-chaussée. Si la petite du premier a une mauvaise note, il se sent responsable et prend sur lui d'apaiser les parents. Les Bravi, deuxième droite, se séparent une fois par semaine et il les réconcilie.

Quand on meurt, c'est lui qui récolte les fonds. Il inscrit les sommes sur deux colonnes, va chez le fleuriste et choisit deux couronnes : une pour les propriétaires, une pour les locataires. Il rédige l'annonce qu'il porte au journal, envoie les faire-part. Au cimetière, il place la famille par degré de parenté, et les gens de i'immeuble d'après leur étage. Le cortège se met en route derrière les couronnes. *A notre copropriétaire regretté.* Se sentant surveillé par Émile, on soigne son deuil. Lors du défilé des poignées de mains, il se tient à l'écart et suit la scène, notant les détails, se faisant des observations qu'il gardera pour lui. Quand il y a du monde, il est content.

Avec l'âge et les progrès de la médecine, la bénédiction qu'il prononçait jadis avant de se mettre à table a été remplacée par la cérémonie des pilules. C'est un moment effrayant. Marie et Antoine ont chacun leur feuille de remèdes épinglée au mur de la cuisine, et Émile, la mèche en bataille, sévit au milieu des flacons alignés sur la table. Il distribue les gélules, répartit les cachets, compte les gouttes, vérifie les doses, casse les ampoules.

— Marie, tu as pris ta Perphédrine ? Et le Robtil, alors, le Robtil ? Je t'ai dit : avant, le Robtil, *a-vant!* Enfin ! Tu le sais, bon Dieu, je suis toujours en train de répéter les mêmes choses... Kanaphan. Non, ne les mélange pas, attends deux minutes. Quand je te le dis... Hop ! Mais avale, enfin, avale, tu vas encore le noyer !

Marie est habituée et se soumet aux directives, l'air bienveillant. Terrorisé, Antoine est là comme un chien tremblant qui attend la correction. Ensuite Émile le fait manger, va le coucher pour la sieste et revient déjeuner avec Marie. Le soleil entre dans la cuisine blanche, fait tourner des rayons de poussière sur les tomettes. Le bruit du frigidaire s'arrête, celui de la pendule revient, ou le sifflement de la cocotte sur le feu. Ils ne parlent pas. Marie s'affaire, douce et précise. Pendant vingt ans il l'a conservée à l'écart de sa vie, et elle a su résister aux emportements, aux foucades, à la désinvolture, aux dépressions tyranniques. Elle restait à la maison, attentive et discrète, lui mijotait des plats, lui souriait avec confiance. Émile rentrait vidé de ses passions, mais il aimait qu'elle soit là, même s'il ne lui demandait rien. Elle le rassurait comme la présence du souffleur.

Et puis le temps avait passé, Émile s'était mis à vieillir comme on vieillit au théâtre : il datait. Le public réclamait autre chose. Il avait quitté l'affiche pour glisser peu à peu dans la vie de Marie. C'est elle qui gagnait. Elle était restée son ombre pendant toutes ces années, et l'attendait maintenant dans la retraite.

Il y a cinq ans, il a été question de mettre Antoine dans une maison de vieux. Fernand, le cadet, teinturier à Lyon, l'aurait bien pris mais les enfants, le chien, les voisins, le commerce... Ce qu'il lui faudrait plutôt, à Antoine, c'est un bon climat...

— Je le prends, a tranché Émile.

Marie est heureuse d'avoir son frère près d'elle. Il souffle trop fort dans sa soupe et en met sur la toile cirée, comme quand ils étaient petits.

A une heure, Émile embrasse Marie et s'en va, recoiffé, dans son éternel costume de velours noir passé par-dessus un col roulé rouge. Il arrive à l'école pour la récréation de la cantine, regarde les gosses se poursuivre ou croquer des pommes. Il cherche les siens, claque des doigts. Depuis le trottoir il les fait jouer, compose les équipes, leur expose des règles, arbitre. Il intervient dans les bagarres, passe des bonbons entre les barreaux.

— Chante le roi barbu ! Le roi barbu !

Ils se sont massés derrière la grille, sur la pointe des pieds, les plus petits sautant pour le voir. Il se fait prier un moment, puis entonne :

— *Le roi bar-bu qui s'avance -bu qui s'avance -bu qui s'avance…*

Il a chanté Agamemnon dans *la Belle Hélène* en 34, son premier rôle. Il conserve dans un placard la barbe et la toge, qu'il essaie de temps en temps devant son miroir. Déguisé, il n'a pas changé.

Les maîtresses assises à l'écart, sous un tilleul, lui adressent un petit signe. Il y en a de jolies, qui ont trente ans et des sourires, elles chuchotent en le regardant et il repart le cœur lourd.

Vers une heure et demie, il entre dans un café. C'est l'heure désœuvrée, creuse, où traînent des après-midi sans but. Il s'assied au fond. Le bruit de la télévision survole des faits divers, des ennuis de santé. Il écoute les conversations, sans se mêler à aucune, observe, par habitude, pour rien. Quand un homme de son âge dit à ses voisins « J'ai joué Siegfried », il se retourne encore, mais il s'agit d'un cheval.

Une odeur d'éponge monte de la table, il ferme les yeux. Il pense à ce pâtissier, ce Frédéric qui fait du théâtre dans un lycée. Il était bébé lorsque Émile est venu habiter traverse Longchamp. Aux heures d'affluence, sa mère le mettait sur son pot dans un coin du magasin, les clients s'extasiaient et elle pouvait le surveiller. Depuis il l'a aperçu, quelquefois, montant du sous-sol ses tôles de gâteaux. C'est un grand échalas avec de petites lunettes rondes. Émile se demande à quoi peut ressembler une troupe de jeunes, aujourd'hui, dans un lycée. Des souvenirs effacent les voix autour de lui, il digère dans le vide, au bord du sommeil, assemble des images qui lui échappent. Il s'assoupit, la tête contre le mur, la bouche ouverte, se réveille quelques minutes plus tard. Le patron a lavé sa vaisselle, lit le journal au comptoir. Émile arrange son col roulé, passe la main dans ses cheveux et s'en va. Il vient ici chaque jour, mais le patron ne lui dit jamais « A demain ». C'est pour ça qu'il vient.

Parfois, vers cinq heures, il s'assied sur un banc devant la mer, là où se dressait la Jetée-Promenade. D'autres vieux nourrissent les mouettes autour de son banc, dans des claquements d'ailes, envoient des miettes par-dessus la rambarde.

Le mercredi, il prend le bus jusqu'à une Maison des jeunes et de la culture. Il se recoiffe dans les portes vitrées, entre d'un pas important. Il demande à l'hôtesse si Luce Audibert est arrivée. La réponse est toujours la même et il grimpe à l'auditorium, une longue salle surchauffée avec deux pianos et des piles de chaises.

Luce Audibert a deux ans de plus que lui. C'est une éternelle jeune fille un peu vacillante, toute mince et poudrée, vêtue de rose et de bleu turquoise. Elle dirige le groupe « Espoirs de la Chanson » à la MJC, organise tous les deux mois un défilé de talents qu'elle présente au piano, avec émotion, verve et punch. Le public, en échange des applaudissements, a droit à son « Vous me faites chaud au cœur, vous êtes ma vraie famille », la voix lézardée, mais dès que pointe un semblant de chahut elle interrompt une chanson pour lancer :

— Oui, ma petite, ça te fait rire, au deuxième rang ? Tu préfères la musique pop, où tu comprends rien du tout, c'est ça ? Quand on est bête comme toi, ça console...

Ses spectacles font toujours un quart d'heure de plus que prévu, à cause des engueulades. Le chanteur qu'elle a coupé au milieu d'une strophe attend placidement, les mains dans le dos, qu'elle ait fini sa diatribe et reprenne l'accompagnement.

— Parce que des gourdes, ma cocotte, j'en ai vu, en cinquante ans, mais autrefois quand on venait pour ne rien écouter, on avait la politesse de se taire.

— Oh, ça va, fait le garçon dont les messes basses sont la cause de l'interruption.

— Toi, le miché, quand tu auras de la barbe au menton, tu viendras me demander l'heure.

La salle rigole, un peu gênée, suit l'échange. A la fin le miché va fumer une cigarette dans le couloir.

— Bon, où on en était ? fait Luce en remuant ses partitions.

Les pages tombent. Elle n'y voit plus grand-chose, prépare des plans de scène en vingt feuillets, les mélange et finit par tout improviser.

— Ah, s'exclame-t-elle en plaquant un accord. Et voici à présent la petite Fontana, la fille du docteur.

Le chanteur qu'elle a laissé en plan hausse un sourcil, et sort de scène sous quelques applaudissements courtois, croisant la petite Fontana qui s'avance avec sa guitare et chante *Fais-moi planer*, arrangement de Luce Audibert. Luce a été une grande pianiste, l'amie de Mayol, Mado Robin, Édith Piaf... Aujourd'hui elle fait travailler des amateurs et a la pudeur de maquiller son amertume en rosserie.

— Et voici à présent Jean-Loup. C'est un garçon qui a beaucoup de talent, seulement il fait de la planche à voile. Alors il ne vient pas répéter, et voilà ce que ça donne.

Et elle attaque la chanson de Jean-Loup qui loupe l'entrée, désorienté par cette présentation à laquelle il ne s'attendait pas.

— Qu'est-ce que je disais... Allez, bon vent. Et voici à présent...

Ses rapports avec ses élèves sont volcaniques mais ils s'adorent, Luce n'a plus qu'eux, et ils se mettent en quatre pour mériter ce talent abandonné qui s'accroche à leur incompétence.

— Tu comprends, aujourd'hui, parce qu'ils font lalala, ils se disent auteurs-compositeurs. Autrefois, quand tu passais le concours de la SACEM, on t'enfermait et tu avais deux heures pour sortir une chanson. Mais aujourd'hui on ne sait plus le solfège. Si je n'étais pas là pour leur écrire leurs partitions...

Émile, pétri de rigueur professionnelle, est effaré par ces spectacles à vau-l'eau, ces répétitions désordonnées où l'un s'en va quand l'autre arrive.

— Mais vous passez lundi et vous n'avez pas encore filé ! se récrie-t-il.

— Mon petit Mosca, j'ai des étudiants, j'ai des soudeurs, j'ai des mères de famille, et tout ça, ça travaille, figure-toi. Alors moi je suis là de midi à onze heures, et ils viennent quand ils peuvent.

Émile hausse les épaules. Il connaît Luce depuis toujours. Il l'envie de n'avoir pas décroché, mais se ferait passer sur le corps plutôt que de l'admettre. Il soutient avec force qu'il est bien tranquille, qu'il a enfin le temps de vivre, et qu'il n'échangerait pas sa place pour tout l'or du monde. Elle n'est pas dupe et l'écrase avec malice du poids de son activité. Pendant quarante ans il l'a aimée d'une jalousie féroce, s'est marié pour donner un alibi à sa passion. Elle brûlait la vie par les deux bouts, il rongeait son frein. Il voulait tout ou rien. Ce rien lui a fait beaucoup d'usage. C'est parce que Luce s'est établie à Nice qu'il y est revenu.

Il va s'asseoir sur un tabouret, les bras croisés, suit la leçon avec un air goguenard. Depuis quinze ans, à part les galas d'Espoirs de la Chanson, il fuit toutes les manifestations artistiques. Mis au piquet par le temps, il s'est installé dans la retraite comme un enfant qui boude. Tout ce qu'il connaît de la jeunesse actuelle, ce sont les apprentis chanteurs de Luce. Il n'y a pas d'adolescents dans son immeuble.

— Tu as vu comment elle tient son poignard ? intervient-il. D'ici, c'est une pince à sucre.

— On se tait, réplique Luce.

Après quelques minutes, elle triture le foulard qui entoure son cou, agacée, et se lève pour aller régler l'assassinat. Au moindre mouvement ses grands colliers de pièces se mettent à cliqueter, accompagnant sa démarche ralentie par les rhumatismes. L'étudiante en sciences-po qui brame sur un air de *la Tosca* donne maintenant dans la bestialité sommaire. C'est une petite boulotte à queue de cheval. Luce lui dit de poignarder comme avant, *allegretto,* la brusque un peu, la fille se rebiffe.

— Eh bien alors fais comme tu veux, ma cocotte, puisque tu sais tout, vas-y, saigne-le, c'est élégant.

Elle revient au piano, secouant la tête, lèvres pincées.

— Aaaaah ! reprend un quadragénaire en bleu de travail, à genoux aux pieds de l'étudiante.

Luce plaque ses accords en bougonnant toute seule :

— Parce que moi j'ai travaillé avec les plus grands, et Luccioni, et Germaine Pape, et Mariano, alors quand des petits jeunes ou des maçons qui n'ont pas de talent, que je fais travailler par gentillesse...

Elle a oublié la présence d'Émile et il s'en va, enjambant le cadavre du maçon que Tosca dépèce en vocalisant. Ces visites dans le monde de Luce lui font mal, mais il ne peut pas s'en passer. Il n'en a jamais parlé à Marie. Il attend la fin d'un trémolo, et se retourne sur le pas de la porte :

— Tiens, à propos, j'allais oublier... Jo Berton est mort.

Luce pousse un soupir.

— C'est malin. Comme si je n'avais que ça à faire...

Depuis qu'elle s'est retrouvée sur le pavé côté cour, qu'elle a quitté Paris et ses amis d'autrefois, elle attend avec une fidélité scrupuleuse la mort des vedettes, pour leur rendre hommage. Le temps d'une soirée, elle change les paroles de chansons qu'elle leur dédie. C'est du nécro spiritual. Quand l'actualité lui fait faux bond, elle se rabat sur les anniversaires, remplace « Sur la mer calmée » par « O Albert Camus ». Trottant de la MJC à la SACEM, remplissant des formulaires pendant des heures, courant après ses élèves au téléphone, houspillant les déprimés, secouant les surmenés, rabrouant les amoureux, elle n'a pas le temps de lire le journal. Émile suit pour elle la rubrique nécrologique, et lui apporte les deuils qu'elle met en musique.

Les semaines où personne ne meurt, Émile invente le décès d'une gloire oubliée, pour ne pas débarquer sans prétexte. Luce n'a plus une très bonne mémoire, et il a fait mourir deux fois Gabrielle Dorziat. La première sur *le Temps des cerises*, la seconde sur *Moineau de Paris*.

Dimanche. Une pluie fine tombe au dehors, dans une lumière bleutée. Nappe blanche sur la table de la cuisine.

— Ils ne sont vraiment pas fameux, ces éclairs, dit doucement Marie.

— Ils sont très bons, réplique Émile.

Elle le regarde, étonnée. Depuis huit jours Émile ramène des tartes, et des charlottes, et des babas. Il s'essuie la bouche, plie sa serviette et retourne s'accouder à la fenêtre. Une odeur fade et chaude monte du bitume. La coupole bleue de l'église russe prend un aspect tragique sous le brouillard qui se lève. Une mélancolie d'hirondelles et d'eucalyptus, des maisons vieux rose et vieux jaune, avec des volets blancs, des volets verts... Son regard revient sur la boulangerie, à l'angle de la rue. Deux heures moins vingt-cinq. Qu'est-ce qu'il fout? Ce matin la boulangère a parlé d'une répétition à une heure et demie.

Soudain il voit la porte de la maison s'ouvrir, à gauche de la vitrine. Un parapluie noir se déplie. Frédéric sort, donne un tour de clé et se hâte dans la rue. Émile se recule brusquement, le cœur battant, referme la fenêtre. Marie débarrasse, le robinet de l'évier coule dans une casserole. Elle rince les assiettes, pose les couverts sur l'émail.

— Bon, je vais faire un tour, lance Émile en traversant la cuisine.

— Habille-toi pour la pluie, glisse Marie.

— Oui, oui. Tu n'as besoin de rien?

Il est déjà dans le couloir, attrape sa veste sur la banquette de l'entrée. Son parapluie est pendu à la grande armoire face à la glace, il le décroche, tire la porte derrière lui et dévale les escaliers. Lorsqu'il arrive sur le trottoir, le pâtissier vient de tourner le coin de la rue Joseph-Brès. Il ouvre son parapluie, découvre que son beau-frère a fait du découpage. Il le referme, relève le col de sa veste et se presse sous la bruine.

Frédéric attend le feu, rue Maréchal-Joffre. Émile ralentit, fait mine de regarder le cours des changes, devant le Crédit Lyonnais. Lorsque le feu passe, il lui laisse un peu d'avance et se lance à ses trousses. Le garçon remonte l'avenue Jean-Médecin, d'un grand pas mécanique. Il porte un imper verdâtre, style surplus militaire, très long, des espadrilles avachies. Ses cheveux noirs coupés en brosse sont piquetés de farine. Après le pont du chemin de fer, il tourne à droite dans la rue Rouget-de-Lisle. Le trottoir est rétréci, un camion passe, ridelles battantes, lâchant des fumées hachées par l'averse. Il pleut de plus en plus fort et Émile, essoufflé, trempé, a du mal à suivre la grande silhouette raide qui monte vers Cimiez.

Frédéric coupe un carrefour, à travers des pelouses, prend un escalier. Émile s'arrête, la main sur la rampe, haletant. Il essuie son front, éternue. La poitrine lui brûle.

Il enfonce son coude dans l'aine pour apaiser un point de côté, commence l'ascension de la colline, s'appuyant sur son parapluie. Lorsqu'il arrive au sommet, Frédéric a disparu.

Il est sur une petite route crevassée, bordée de pins et d'oliviers qui se penchent par-dessus les murs. Une voiture passe dans les flaques. Il s'assied sur un banc, à l'abri d'un feuillage qui s'égoutte. Qu'est-ce qui lui a pris, de se lancer à la poursuite de ce garçon? Maintenant il ne sait plus que faire. Il ne va quand même pas sonner à toutes les maisons du quartier, ni attendre ici que le gosse ressorte. Redescendre, prendre le car jusque chez lui... Non. Il n'y a pas de café dans ce coin, aucun magasin. Plus de passants, personne depuis la voiture de tout à l'heure. Il sent venir un autre éternuement, appuie la main sur sa poitrine.

Une mobylette monte la colline, en sens interdit, vient se ranger sur le trottoir à côté de lui. Il éternue, redresse la tête. Un être rouge arrête son moteur, descend, soulève la selle en abaissant la béquille avec le pied. Émile referme le col de sa veste, le coince sous son menton, tout en regardant le martien luisant qui retire son casque. C'est une fille, blonde, ébouriffée, elle secoue ses cheveux en souriant.

— Vous me prêtez votre banc?

Il hausse les sourcils, et le col de son veston s'ouvre.

— Euh... oui, bien sûr...

Elle remercie d'un signe de tête, sort une chaîne de son porte-bagages, la glisse entre deux rayons de sa roue arrière, emprisonne un pied du banc d'Émile en fermant le cadenas. Elle se redresse, se recoiffe avec ses doigts.

— Je ne suis pas trop moche ?

Elle parle avec une pointe d'accent anglais, comme si sa voix était assortie à la pluie, au brouillard, aux aiguilles de pin qui font barrage dans le caniveau.

— Ah non, réplique Émile en se relevant, tirant sur son pantalon. Ça, je dirais même : au contraire…

— Merci. Bon, eh bien… bonne pluie.

Elle tourne les talons et traverse en courant. Émile reste là, interdit, puis soudain lui emboîte le pas, entre derrière elle dans un petit immeuble. Il la retrouve sur le palier du troisième, en train de se dépiauter. Sa tête est cachée sous le ciré qu'elle tire, bras croisés derrière la nuque, dans des froissements de plastique. Elle est en blue-jean et pull marin. Lorsque son visage réapparaît, elle regarde Émile qui s'est arrêté devant elle.

— Vous allez chez Tintin ? demande-t-elle.

Pris de court, il esquisse une moue.

— Ils ne sont pas là ? fait-elle soudain, anxieuse.

Une marche militaire résonne aussitôt derrière la porte et elle pousse un ouf, la main sur le cœur, les yeux au ciel.

— Parce que la rincée que je viens de prendre… Qu'est-ce qu'on fait, on attend qu'on soit sec ou on tape ? Oui, avec sa sonnette, on s'électrocute… Oh ! et puis on verra bien.

Elle presse le bouton. Un carillon retentit, la musique monte d'un ton.

— Comme l'a proclamé ce grand patriote qu'est Théodore Roosevelt ! lance une voix.

Émile arrange aussitôt son costume, palpitant, baisse son col, plaque ses mèches blanches.

— Vous non plus, vous n'êtes pas trop mal, lui glisse Sandra avec un regard rieur.

Deuxième coup de sonnette. La porte s'ouvre sur Frédéric, doigt sur la bouche, l'air rigide, halluciné, une calotte blanche au sommet du crâne. Ses yeux sont grands ouverts derrière les lunettes rondes, il s'efface d'un mouvement d'automate. Sandra lui fait la bise, contourne les meubles empilés dans l'entrée. Une chaise tombe. La marche militaire emplit l'appartement, fait trembler les vitres.

— Comme l'a proclamé ce grand patriote qu'est Woodrow Wilson !

La porte se referme. Des spots psychédéliques traversent la pièce aux moulures rococo, vidée de son mobilier. Une grande fille aux cheveux courts, debout sur une chaise de cuisine, harangue deux garçons et une autre fille qui tournent en tous sens, des valises à la main, se bousculent, affolés, autour d'un lit de camp recouvert d'un drap où s'agite une masse.

— Tout l'monde en voiture, tout l'monde en voiture ! s'écrie le rouquin en short qui se tient à genoux au-dessus du magnétophone, et fait bouger les spots.

— Là-bas, là-bas, là-bas, dit la foule en tournant.

Sandra a retiré son pull marin, apparaît en soutien-gorge le temps d'un éclair vert, enfile une blouse blanche et se précipite vers un type blond qui serre sa valise dans ses bras. Il la laisse tomber, Sandra se jette contre lui.

— Oh, Johnny, serre-moi, serre-moi plus fort...

Deux chatons bondissent derrière elle, l'un grimpe sur le lit, l'autre tire sur le drap. Personne n'a fait attention à

Émile. Frédéric croit qu'il a accompagné Sandra, qu'il est son voisin, son grand-père… Il se refuse à connaître les clients de la boulangerie, qu'il méprise en bloc avec résignation. Il est retourné vers le lit, ouvrant et refermant une paire de ciseaux. Émile reste sur le seuil, entre une armoire et une commode, pétrifié, regardant cette panique multicolore sur six mètres carrés.

— Contemplez cette glorieuse bannière étoilée ! poursuit la fille au ton de bonimenteur, le poing tendu vers le plafond.

— Au revoir, fiston, lance un garçon de quinze ans. Écris-nous. Nous t'enverrons des colis.

Il tient son texte à la main, le consulte aussitôt.

— Serre-moi plus fort, Johnny, plus fort. Enlace-moi de tes deux bras, de tes deux bras, les deux, les deux, les deux…

La voix de Sandra a baissé, la foule arrête de tourner, s'immobilise. Le corps sous le drap s'agite, violemment, tous les spots s'éteignent sauf celui qui éclaire son lit. Exceptionnellement, aujourd'hui, Norbert n'est ni manchot ni cul-de-jatte. Le lit sans matelas dans lequel il passe ses jambes et ses bras est resté à l'internat.

La marche militaire s'est tue. Le silence défile sur la bande. Plus personne ne bouge, sauf Norbert qui remue consciencieusement la tête, de gauche à droite. La voix off s'élève :

— *Des bras, des bras… Tu es dans mes bras, Kareen, je te tiens dans mes deux bras… Mes…* (criant) *Je n'ai pas de bras, Kareen ! Je n'ai plus de bras ! ! Kareen, Kareen, ils m'ont coupé les deux bras ! ! !*

Sandra s'est approchée du lit, dans sa blouse blanche, vérifie les tuyaux imaginaires qui alimentent Johnny-couché. Norbert bouge de plus en plus fort. On lui a dit de suivre la montée de la voix. Il tape avec sa tête et le lit s'effondre.

— Mon lit ! s'exclame le garçon qui promettait des colis à son fils.

Sandra éclate de rire dans ses mains. Le rouquin du magnétophone arrête la bande, accablé.

— Écoutez, merde..., fait-il d'une petite voix plaintive.

Norbert s'emmêle dans le drap, on l'aide à se relever. Il dégage sa tête en soufflant, passe la main dans son dos.

— Bordel... Je me suis fait un tour de rein...

— C'est pas dans le texte, pouffe Sandra.

Le père de famille a redressé son lit de camp, évalue les dégâts.

— Écoutez, on n'y arrivera jamais..., gémit le rouquin.

Quelqu'un allume la lumière et on découvre Émile, au milieu de la pièce, les bras croisés, l'air sévère. Son regard va d'un visage à l'autre. Au bout d'un moment il demande, avec un geste du menton :

— C'est quoi, ça, exactement ?

Silence. On interroge des yeux Sandra, qui soulève les épaules en signe d'ignorance. Le costume de velours noir, veste froissée, pantalon en accordéon, goutte sur la moquette. Les chatons jouent près de la fenêtre, avec une seringue. Émile fait trois pas dans la pièce, envoie les mains dans son dos, se retourne :

— Non, parce que si c'est du théâtre, faut l'dire.

Des voitures passent, en bas, s'arrêtent au carrefour, klaxonnent.

— Qui c'est, le metteur en scène ?

Instantanément il s'est retrouvé quinze ans en arrière. Campé sur ses jambes écartées, poings sur les hanches, il attend.

— Y'en a pas ? suggère-t-il.

Le rouquin se relève, hésitant. Vu la houppe sur sa tête, ça doit être le Tintin dont parlait la fille.

— Ben... Enfin, c'est-à-dire, c'est moi qui ai fait l'adaptation...

Émile le toise.

— Alors tu fais l'adaptation, tu fais marcher le magnétophone, tu fais les éclairages, tu fais la mise en scène — non mais, oh ?

Il toque son index contre sa tempe. On se dévisage, sidéré. Il arpente la pièce à nouveau, secouant la tête.

— Mais... mais qui êtes-vous ? demande la fille-bonimenteur en descendant de sa chaise.

Émile a un geste pour exprimer que le problème n'est pas là.

— Je suis metteur en scène, justement. Bon, je passais dans la rue, je vous ai entendus... Non, moi je trouve ça très sympathique qu'on fasse du théâtre à votre âge, c'est très bien, mais la pagaille je ne supporte pas. Qu'est-ce que c'est, de répéter dans un appartement ? Hein ? Ça ressemble à quoi ? Vous n'avez pas de salle ?

— Si, si, répond Sandra en le détaillant avec intérêt. On répète au lycée, d'habitude, mais c'est dimanche.

— Oui. Mais enfin, ça ne règle rien. Ça fait longtemps que vous répétez ?

— Trois mois…

— Trois mois ? s'étrangle-t-il. Et le lit qui s'écroule, et l'autre qui arrive en retard, le petit qui sait pas son texte.. Vous appelez ça du travail ? Non, mais vous êtes complètement inconscients ! C'est quelque chose de grave, une répétition ! Ça fout tout en l'air, du travail comme ça. Il vaut mieux ne pas répéter, alors, parce que tous les tics que vous prenez, et l'habitude qui s'y met, c'est foutu, après, fou-tu !

Il s'assied sur la chaise en soupirant. Les jeunes font cercle autour de lui, l'écoutent avec une attention encore mal définie, mais qui apaise sa colère. Le petit qui ne sait pas son texte essaie de rigoler en cherchant le regard de Sandra. Repéré, celui-là.

— Mais comment voulez-vous qu'on fasse ? lance une fille ronde d'une voix un peu précieuse, encore essoufflée d'avoir tourné. On avait un metteur en scène, si, une prof, mais elle nous a lâchés.

Émile contient à grand-peine son excitation, continue à la masquer sous un pessimisme excédé. Il soulève les mains, les laisse retomber sur ses cuisses.

— Qu'est-ce que vous voulez que je vous dise ? Et vous allez le jouer, ce machin ?

— Bien entendu, réplique la rondeur avec un petit hoquet.

— Dans quinze jours, glisse Sandra, mutine, comme on rajoute une bûche dans un feu.

Émile saute sur ses pieds.

— Quinze jours!

— Après, on a le bac..., soupire Tintin.

Émile retombe sur sa chaise. Il dit doucement:

— Alors vous n'avez pas les costumes, vous ne savez pas le texte, vous vous placez n'importe comment, et vous voulez jouer dans quinze jours...

Un silence tendu lui fait écho. Des têtes se baissent. Il a résumé tout haut les angoisses de chacun. Depuis trois semaines les répétitions tournent court, ne décollent plus. On rabâche le texte, on est fatigué, on y croit de moins en moins, le bac est presque là. Unie autour d'un projet à long terme, la troupe se défait à mesure que l'échéance approche. Il faudrait un souffle nouveau, de l'autorité, de l'espoir...

— Qu'est-ce que vous avez monté, comme pièces? demande Sandra.

Il hésite. Leur parler des revues, des opérettes, ça ne ferait pas très sérieux. Il a un mouvement d'impatience.

— Vous savez, si je devais faire le compte... J'ai monté... Tiens, Pirandello, risque-t-il avec l'impression de lâcher un nom d'avant-garde.

Pas de réactions. Il fait semblant de trier ses souvenirs.

— Et puis... Mais vous ne devez pas connaître. Dites-moi des noms, je vous dirai.

— Beckett? propose Tintin.

— Bien sûr.

Sésame ouvre-toi. Les visages s'épanouissent.

— Quelle pièce?

— Toutes, décide-t-il.

Murmures ébahis. Il se rengorge, croise les jambes, prêt à faire face.

— Vous avez monté *Fin de partie?* articule Frédéric, sorti de sa rêverie dédaigneuse.

— Oh! là, là, hennit Émile pour qui Beckett n'a déjà plus de secrets.

— Où ça?

— Montpellier, juillet... » Il fait mine de buter sur la date, prudent, enchaîne aussitôt: «Oui, moi je suis un homme de province, je n'ai pas fait des choses tapageuses pour la galerie. Je monte ce que j'aime, et ce que j'aime, j'essaie de le faire bien, quel que soit l'endroit — même sans moyens, précise-t-il, même gratuitement.

Il se renverse en arrière, la tête haute. Frédéric et Tintin se concertent, silencieux. Sans attendre leur avis, Sandra lui demande:

— Et en ce moment, vous faites quelque chose?

Émile clappe de la langue.

— J'ai plusieurs projets, oui... Enfin, rien de très sûr pour l'instant. Disons qu'on me demande des conseils. Maréchal, Jean Mercure... Mais je préfère travailler seul. Viens là, toi, viens...

Il ramasse un des chatons qui est venu se frotter contre sa chaussure, l'approche de son visage.

— Et qui c'est, ça? Hein? Qui c'est, qui c'est, qui c'est? Mais c'est un gros voyou, ça, madame, mais oui, mais oui, je suis un gros voyou...

Le chaton essaie d'attraper son nez avec des coups de patte. Il le repose. La troupe le regarde, perplexe. Entraîné par sa volonté de séduire, il vient peut-être de perdre un peu de son prestige.

— Alors, qu'est-ce que c'est, cette pièce ? lance-t-il gaillardement pour dissiper la gêne.

Le rouquin s'anime aussitôt, se lance dans une vaste explication qu'Émile ne comprend pas très bien.

— Bon, ça, bon, fait-il, sourcils froncés, chaque fois que l'autre hésite sur un mot.

Tintin exprime ses intentions, celles de Dalton Trumbo, débroussaille la thématique, met en évidence le rôle du substitut.

— Et ça se passe quand ?

— Ben... En 17, 18...

— Eh bien voilà, triomphe Émile avec l'impression d'avoir abattu une sacrée besogne, c'est un truc contre la guerre. Avec le type à moitié mort qui revoit sa vie. Bon, eh ben c'est très bien, ça.

On approuve. Personne n'a jamais dit le contraire. Résumée de la sorte, la pièce gagne en clarté ce qu'elle a perdu en force, et une certaine détente s'amorce au sein de la troupe. Émile en profite pour pousser son pion :

— Alors, bref : vous y tenez, à cette pièce ?

Un temps.

— Oui, font plusieurs voix, sur un ton pénétré.

— Vraiment ? Vous voulez vraiment la jouer ? Vous êtes sûrs de vous ?

Il a pris l'intonation du présentateur de *Quitte ou double,* quand il veut convaincre son candidat qu'il a tort d'arrêter.

— Oui. Seulement, là, on est un peu...

Il se lève en frappant dans ses mains.

— Bon, eh bien je vous la fais, moi, votre mise en scène. Et pour dans quinze jours, on tente le coup.

— C'est vrai ? s'écrie Sandra en lui prenant le bras.

Il retient ses larmes de toutes ses forces, tend l'index :

— Seulement attention, j'exige une discipline totale, autant d'heures qu'il le faudra, et qu'on ne vienne pas me parler d'études ou de la petite amie, alors ceux qui ne se sentent pas de tenir le coup, du balai, tout de suite ! Qu'on y voie plus clair. Hop !

Les jeunes échangent des commentaires, stupéfaits, l'enthousiasme soudain d'Émile a éclaté comme un sac de billes qui se répand sur le sol.

— Mais... vous n'avez pas lu le texte, s'inquiète Tintin.

Pour Sandra, Frédéric et les autres, *Johnny* est une aventure, un prétexte. Pour Tintin c'est neuf mois de sa vie, du livre de Trumbo au film de Trumbo, coincé entre les deux au-dessus de sa machine à écrire, neuf mois de persévérance et d'angoisse, de bouts de phrases et d'images ; des lettres à l'éditeur, à la SACD, des demandes d'autorisation jusqu'en Amérique... Émile balaie l'objection d'un revers de main.

— Ça ne peut pas être pire que ce que j'ai vu...

La troupe l'entoure, le presse de questions. Il se fait prier, minimise, parle de « succès d'estime », souligne « ça n'a pas fait un rond mais c'est l'honneur de ma carrière », ajoute « mais vous savez, n'importe qui à ma place »... La modestie appliquée à des choses qu'on n'a pas faites est une vertu qu'il découvre. Les faux souvenirs l'assaillent, dans le regard des jeunes suspendus à ses lèvres. Il bout littéralement d'excitation, pour un peu il se mettrait à chanter devant eux, et de tout son cœur il pense à Luce. La promesse folle qu'il vient de faire, le pari qu'il s'est déjà juré de tenir, l'inconnu où il s'est jeté en un instant, corps et âme, à cause d'un pâtissier morose, d'une belle fille blonde, d'un jour de pluie ; tout ça lui paraît maintenant naturel, évident. On lui apporte à boire, on lui donne des biscuits, on lui remet le manuscrit. On a ouvert les rideaux. Soudain il réalise qu'il n'a même pas dit son nom. Il monte sur la chaise, tousse, s'étouffe avec ses biscuits, on le redescend, il crache des miettes, éructe, parvient à articuler :

— Émi...le, borf... Mosca...

Il y a naturellement un gougnafier pour faire « Ah ! ». C'est le petit père de famille qui ne savait pas son texte. Maintenant chacun se présente, à son tour, il hoche la tête, n'écoute pas, attend Sandra qui dit « Moi c'est Sandra Brenn », et il repique une quinte de toux.

A l'écart, les bras croisés, Norbert regarde avec sévérité Sandra taper dans le dos d'Émile, le faire asseoir, lui porter un verre d'eau. Il n'y en a plus que pour lui. Si les vieux s'y mettent aussi, à présent... Il se détourne en soufflant et va coller son nez à la fenêtre. Ce n'était pas la peine de le ramener parmi les vivants pour lui faire voir ça.

Lorsque Émile repart, la pièce sous le bras, rendez-vous pris mardi 16 heures, il ne pleut plus, un arc-en-ciel relie la colline de Cimiez à la mer. Il marche à grandes enjambées dans son complet trempé, serrant le manuscrit contre lui, éberlué, grisé. Il croyait sa vie terminée, les gens partis, et voilà que le rideau se relève et qu'ils sont là. C'est un miracle, c'est un rappel. Il sait que le rideau retombera sur lui comme le couperet sur le condamné qu'on a manqué la première fois, mais tant pis. Il est prêt, il accepte, il s'en fout. Le destin a redressé la barre, Émile a vingt ans, il ne sait pas où il va, il revit, il revient.

Avec les années, M. Bordemet, président des parents d'élèves Martin, s'est mis à ressembler à son fils. Il porte un petit costume en blue-jean, un cartable avec des autocollants, mâche du chewing-gum dans la cour du lycée. Le reste du temps, il est percepteur et inscrit au parti socialiste, ce qui a fait de lui un petit loubard de cinquante ans, vigilant et pointilleux, qui embête tout le monde avec sa correspondance.

Il marche sous les platanes, balançant son cartable, sifflote un air de Bob Dylan tout en remuant des chiffres. La sonnerie de cinq heures retentit, les élèves se dirigent mollement vers le préau. Bordemet a aperçu M. Léglantin qui fait les cent pas entre deux arbres. Il marche dans sa direction, lui serre la main. Léglantin, prof de philo, quarante ans, Marx et Bouddha, Sartre et les pavés, déçu par les soviets, écologiste, publie des poèmes, ne fait pas de cours, discute, se plaint de l'inculture, saque. Il ressemble à Nana Mouskouri.

— La motion est prête ? s'enquiert Bordemet en posant son cartable entre ses jambes.

Léglantin ôte ses grosses lunettes, les nettoie avec son mouchoir. La plupart du temps, il répond aux questions par d'autres questions. C'est une démarche philosophique.

— Vous êtes au courant de la dernière ?

— Quoi ?

— L'intendante démissionne de la trésorerie du foyer.

Bordemet ouvre la bouche.

— Qu'est-ce que c'est que ces couilles ?

Il se mord les lèvres. Parfois, il parle comme son fils.

— Vous ne me croyez pas ? Demandez au jardinier. Elle va l'annoncer jeudi, au conseil. Elle proposera qu'on la remplace l'année prochaine par deux trésoriers parents, vraisemblablement. Un de chaque fédération.

— C'est une histoire de fous ! s'exclame Bordemet en surveillant son langage.

Il se tait un instant, reprend :

— Et la mainmise, alors ?

— Ben... y'en a plus.

Silence.

— Ah, la garce, laisse tomber Bordemet.

Le foyer socio-éducatif regroupe les activités proposées dans le cadre du lycée, animées par dcs professeurs, comme l'aéromodélisme, le théâtre ou le ping-pong. Son président est un élève de terminale, mais, dans les périodes pauvres en réformes scolaires, il devient le terrain d'affrontement des fédérations de parents et des syndicats de professeurs.

Bordemet est scandalisé. Il a écrit au rectorat, il vient de recevoir la réponse, il se préparait à coincer l'intendante à propos d'une histoire de frais de scolarité, perçus par la caisse du foyer. Plus qu'un aveu, sa démission est une riposte.

— Il y a eu des fuites !

— Le jardinier ? Je ne lui ai rien dit.

— Ça fout tout en l'air, enchaîne Bordemet, rageur. Si on nous passe la trésorerie... Les frais de scolarité, tiens. Depuis le temps qu'on dit que c'est illégal, on va être obligés de ne plus les percevoir. Sinon on aura l'air malins. Et ça aussi, c'est illégal. Et puis de toute manière, avec les APEES sur le dos c'est foutu, on sera coincés, on passera le temps à se torpiller et ça coulera le foyer. Ah, ils ont bien calculé...

Il tape du pied. La fédération de parents APEES est un ramassis de ramollos contrôlés par les enseignants du SDEUF et du SNOUP, favorables à l'administration.

— Et les élèves ?

— Les élèves... fait Bordemet avec un haussement d'épaules.

Léglantin remet ses lunettes, réunit ses longs cheveux en queue de cheval. Il n'est pas loin de partager l'opinion de Bordemet, quant à ces analphabètes de somme, qui retireront de leurs études la philosophie de Guy Descartes et S.A.S. par Gérard de Nerval.

— Vous déposez quand même la question à l'ordre du jour ? s'informe-t-il. Pour les frais de scolarité...

Bordemet écarte les bras, le front plissé.

— C'est déjà fait... Il va falloir trouver un biais, d'ici le conseil...

Léglantin ramasse soudain la gibecière qui lui sert de

cartable, et s'en va sans dire au revoir. Bordemet sent une main sur son épaule, tressaille, se retourne. Norbert se tient devant lui, son casque à la main.

— Tu es là, toi ?

— 'Jour, Pa.

Il se penche pour l'embrasser mais Bordemet se recule instinctivement. La cérémonie de la bise, qu'il impose à la maison, lui paraît incongrue, ici, au lycée, où sa fonction de père quitte les limites de la famille pour s'exercer au niveau syndical. Un président de parents d'élèves ne fait pas de bise, il défend les intérêts. Responsable, oui ; paternel, non. Après on irait dire qu'il fait du favoritisme.

— Tu as fini tes cours ?

— Oui, Pa.

Ils quittent le lycée. Norbert dépasse son père d'une tête et demie, et Bordemet déteste marcher à côté de lui dans la rue. Mais il faut bien qu'on le voie de temps en temps avec son fils.

Norbert descend du trottoir pour le mettre dans de bonnes dispositions. Il a besoin de cent francs, la révision de sa moto lui est revenue plus cher que prévu, et elle est toujours chez le concessionnaire. Il porte son casque sous le bras. Ils cheminent en silence, s'épiant du coin de l'œil, chacun attendant le moment propice pour poser la question qui le tracasse.

— Et ton club-théâtre, ça marche ? attaque Bordemet.

Norbert qui se préparait à formuler sa demande reste la bouche ouverte, coupé dans son élan. Ils traversent le boulevard.

— Tu réponds, quand je te parle ?

— Oui, oui, se précipite Norbert, ça marche bien. J'y vais demain.

— Et côté subventions, où vous en êtes ? Avec le foyer... Ils vous accordent les crédits que vous avez réclamés, ou pas ?

Norbert hausse les épaules.

— Je sais pas.

— Comment, tu ne sais pas ? Mais tu n'es plus un gosse, enfin ! Tu dois commencer à te préoccuper des choses !

Norbert songe un instant à demander les cent francs à titre de cotisation, mais son père a des antennes partout et ça pourrait tourner mal. Bordemet le regarde à la dérobée. Il a encore grossi. Il ne pardonnera jamais à Norbert les angoisses avec lesquelles il a suivi sa croissance. La souris avait accouché d'une montagne. Depuis Bordemet le persécute, en essayant de le comprendre. Conscience professionnelle. Ils s'étouffent l'un l'autre.

— Et la mère Sbrintz, reprend Bordemet au coin de la rue suivante, elle ne vous dit pas trop de conneries ?

Norbert se mord les lèvres. Il lui reste quatre cents mètres avant d'arriver à la maison, trois minutes pour obtenir ses cent francs. Une fois rentré chez lui, Bordemet cesse d'être parent d'élève pour devenir un époux attentionné, servile, toujours prêt à faire de la lèche auprès de sa femme qui a peur des motos.

— Elle vient plus, répond Norbert, désinvolte, espérant liquider la question.

Bordemet s'arrête au milieu des clous.

— Quoi ?

Klaxons.

— Non, elle a dit qu'elle avait trop de travail. Avec les conseils, tout ça...

— Et pourquoi tu ne me l'as pas dit ? bondit Bordemet. Depuis quand elle ne vient plus ?

— Ben... Ça fait deux fois...

— Quoi, deux fois ? Qu'est-ce que ça veut dire, deux fois ?

— Une semaine... Elle était là, la première fois que je suis venu, et puis la fois d'après elle a dit qu'elle viendrait plus...

Norbert hésite à parler du vieux qui a débarqué hier dans la répétition, mais il ne voit pas la transition que ça pourrait lui ménager. Bordemet s'est tu, de son côté, l'air soucieux. Des choses se mettent en place dans sa tête, lentement, un petit sourire vient tirer ses lèvres sèches. Norbert n'ose pas interrompre sa méditation. C'est encore fichu pour aujourd'hui. Six jours qu'il marche à pied.

— N'oublie pas de souhaiter bonne fête à ta mère, s'empresse Bordemet dans l'ascenseur. Tu as ton cadeau ?

Norbert hoche la tête. Il va embrasser sa mère, allongée au milieu de magazines.

— Bonne fête, Man.

Elle pousse un long soupir.

— Oh, bonne fête, bonne fête...

Elle défait le paquet, déplie un foulard chatoyant.

— Et c'est lui qui y a pensé, tout seul ! se réjouit Bordemet.

Norbert songe soudain qu'il aurait dû lui demander deux cents francs, il y a deux jours, pour le cadeau. Il n'y a pas pensé. Il aurait triché sur le prix, Bordemet ne regarde jamais quand il s'agit de sa femme...

— Va te laver les mains.

Après le dîner, les parents vont se mettre devant la télé, Mme Bordemet enroulée dans un déshabillé, Bordemet dans son gilet d'intérieur, cuir aux coudes. Norbert dit qu'il va se coucher, les embrasse. Il se met en pyjama, puis s'assied à son bureau, cassé en deux, les genoux repliés sous la chaise. Il était si mignon quand il était petit que sa mère a voulu garder les meubles.

Il sort du fond d'un tiroir un flacon rond. La semaine dernière, il est allé dans une parfumerie et a respiré les mains de la vendeuse pendant une demi-heure, secouant la tête, avant de retrouver l'odeur de Sandra. Ça coûte cent francs, ces cochonneries. Résultat : il fait de beaux rêves, mais il marche à pied.

Il se passe du parfum sur les mains, sous le nez, dans les cheveux, s'allonge et éteint la lumière. Alors il redevient Johnny-couché, se récite la voix off, refait dans sa tête les gestes de Sandra, le trouble se précise et il oublie qu'il est manchot.

— Je t'aime, gémit-il en bougeant la tête, les traits crispés.

Et à mesure que son excitation grandit, le ton monte :

— Salope...

Des grincements de sommier lui répondent.

Bordemet vient le tirer du lit à sept heures. Chaque matin, il pince le nez en sentant cette odeur de cocotte. Il pense que son fils est devenu homosexuel et le regarde avec rancune. Pour un président de parents d'élèves, ça la fout bien.

Le soir a bleui sur la pinède, derrière l'internat. Dans l'étude les transistors s'éteignent, les uns après les autres, les filles montent se coucher en laissant leurs classeurs ouverts sur les tables. Sandra est restée assise, un genou sous le menton. Elle est aux îles Maldives, trente degrés au soleil et dans l'eau, des cases aux murs de corail, des toits de coco, photographie les poissons du lagon pour un magazine anglais.

Une télé résonne, à l'étage au-dessus. Elle repose la lettre. Elle a toujours vécu dans les voyages de ses parents, tantôt ballottée, tantôt laissée en transit. Elle y a acquis une liberté sans racines qui peut se frotter à toutes les contraintes. Elle ne s'est jamais souciée de son avenir, vit le présent au jour le jour. Elle croit sincèrement que c'est trop beau pour ne pas durer, et qu'une fille heureuse, par son simple désir de le rester, peut empêcher qu'il y ait des guerres, des morts, des bébés qui se fabriquent quand on oublie de prendre la pilule. Elle aime la solitude, elle aime faire l'amour, ignore tout de la passion comme de la souffrance. Elle en rajoute un peu, l'habitude; elle n'a jamais trouvé quelqu'un auprès de qui défaire ses tristesses. Et puis c'est plus simple. On a la solitude qu'on mérite : la sienne est faite d'un bonheur en trompe-l'œil, tout le monde s'y laisse prendre et elle se réchauffe à son jeu.

Elle vit sur son nuage, déclenche des orages. Son air perpétuellement radieux est un non-sens. En terminale ! L'année de la philo, du bac, le chômage, l'incertitude, la pollution, le nucléaire ! Si encore elle était bête. On passe beaucoup de temps sur son cas, dans les conseils de classe. On se doute bien qu'une telle limpidité cache quelque chose, mais peu de gens aujourd'hui se souviennent que la joie de vivre est une politesse. Alors on lui cherche désespérément des problèmes, et comme elle est à la lettre B, on expédie ensuite les élèves à partir de L, M, N parce que l'heure tourne, et que pour être professeur, on n'en a pas moins une famille, et qu'on ne va pas dîner à dix heures. Au demeurant, il est plus pédagogique de chercher des complexes à qui ne fout rien avec talent que de discuter autour d'un imbécile ou d'un cas social, dont les problèmes peuvent se régler par une sanction ou un soupir navré. C'est un bon exercice.

Un jour le drame s'abattra sur elle, décide-t-on pour se consoler. Et alors tous à vos scalpels, rien ne l'aura préparée au malheur, elle sera livrée aux autres, on pourra enfin la comprendre. On trouve que ce moment tarde un peu. Elle rayonne toujours, indifférente aux événements comme aux règles. Elle vit dans le sillage de ses parents, pour qui les raz-de-marée sont des scoops et la misère un sujet. Son dernier devoir de philo, c'était : « Que pensez-vous de l'opinion d'un auteur contemporain : *Il n'y a de grandeur que dans la souffrance ?* » Elle a répondu : On a toujours besoin d'un plus petit que soi. Elle n'aura jamais la moyenne.

Elle secoue l'enveloppe pour faire tomber les photos, les empoche et grimpe sur le radiateur, enjambe la fenêtre ouverte. Les étoiles scintillent, rythmées par le tac-tac-tac de l'arrosage automatique. Son pied droit cherche le premier barreau, et elle descend l'échelle qu'on appuie là deux fois par semaine, à son intention. Elle atterrit sur le gravier, traverse la pelouse mitraillée par les tourniquets, respirant à pleins poumons l'odeur de l'herbe rase dans la fraîcheur du soir.

Le jardinier arrose un parterre de basilic, là-bas, entre deux pins. Elle s'approche doucement, le regarde sans qu'il s'en aperçoive. Il remue les lèvres, s'arrête de temps en temps en plissant les yeux, déplace son tuyau et chuchote à nouveau, hochant la tête.

Le lycée Jean-Moulin est l'établissement le plus fleuri du département. Carême entretient une flore exubérante, une débauche de senteurs et de coloris. Il a dans les quarante ans, une grande casquette rejetée en arrière, et porte le nom du dimanche où on l'a trouvé sur le parvis de Notre-Dame, à Chambéry. Adopté par le bedeau, il a grandi dans l'église. Il a été enfant de chœur, sonneur de cloches, aide-sacristain. Il voyait bouger les statues une ou deux fois par semaine. Il courait à travers la paroisse, répandant la bonne nouvelle pour amener du monde à l'église : « Jésus est parmi nous ! » A l'époque où la religion s'ouvrait aux réalités sociales, les miracles de Carême étaient du pain bénit pour les sceptiques. Les autres changeaient de paroisse pour prier sérieusement. Simple d'esprit, il avait fini par rassembler dans son église tout ce que la ville comptait de bigotes hystériques et de gâteux crédules, à l'exclusion des autres fidèles. Exaspéré, le curé le mit à la porte.

Il découvrit alors le monde, d'émerveillements en émerveillements. A cause d'une affiche dans une agence de voyages, et parce que la vendeuse ressemblait à sainte Thérèse, il décida d'aller voir la mer. Il partit à pied, traversa les Alpes, suivit la route Napoléon. Pour manger, il s'arrêtait dans les fermes, se louait comme journalier, et puis il s'attachait aux gens et attendait la moisson, les foins, les vendanges...

Au bout de dix ans, il est arrivé à Nice. Il a été balayeur, rémouleur, vitrier, plagiste, marchand de *socca* dans la Vieille Ville, gardien de square. Son square était très propre, mais quand un vieux venait se plaindre qu'il avait reçu un ballon sur la tête, il le mettait dehors. Il préférait les enfants. Une disposition à s'émouvoir de tout lui faisait comprendre sur-le-champ le sens profond de chacun de ses métiers.

Depuis qu'il est au lycée, il n'a plus qu'une idée : s'instruire. Alors il s'occupe surtout des massifs et des plates-bandes qu'il compose sous les fenêtres. Binant, sarclant, repiquant, il écoute les cours du rez-de-chaussée. Il fait son choix, décide des semis et de son plan de travail d'après les leçons qui l'intéressent. Il attrape aussi quelques cours du premier, lorsqu'il taille les oliviers. Un jour un professeur a demandé qui était la mère de Louis XIII, et il a donné la réponse. Les têtes se sont tournées vers lui. Il était si fier qu'il a failli tomber de l'arbre.

Chaque année, à la rentrée, il va dans le bureau du censeur, casquette à la main, chercher les emplois du temps qui régissent l'ordonnance du jardin. Il loge au gymnase, dans une chambre contiguë à la salle de volley. Il y a accroché une carte des départements, la Déclaration des droits de l'homme et la *Nativité* de La Tour. Les ballons qui heurtent le mur font tomber ses tableaux et chaque soir il les raccroche. Pendant les vacances il reste au lycée, penché sur des livres, laissant reposer la terre. Il a obtenu qu'on lui confie la clé de la bibliothèque, et il se promène de classe en classe, recopiant sur les tableaux noirs les passages qui lui plaisent.

En fait il est amoureux de la directrice, et s'efforce depuis quatre ans de couvrir par la culture la distance qui les sépare. Il pensait au début que plus il saurait de choses, plus il se rapprocherait d'elle. Mais la lecture des manuels de philosophie, des romans, des traités de physique et des livres d'histoire lui a ouvert sur le cœur humain des abîmes où la directrice, image de la femme idéale, s'enfonce toujours plus. En octobre elle est Madame de Warens, en novembre la petite Cosette, puis Marie Curie, Jeanne Hachette et Tante Yvonne pendant l'appel du 18 juin. Rempli de compassion pour elle quand elle s'incarne dans l'Andrée Hacquebaut des *Jeunes Filles,* il est paralysé par l'effroi lorsqu'elle devient Nana et le pousse dans les enfers du vice.

Trop timide pour lui adresser la parole, il lui plante des mots. Les fenêtres de la directrice s'ouvrent sur un jardin paradisiaque, un eden de jonquilles, de pivoines et d'hibiscus, de cyprès taillés en cœur, de géraniums rosat qui éloignent les moustiques. Chaque parterre est une déclaration d'amour. Il a trouvé à la bibliothèque un livre sur le langage des fleurs, et lui tient des conversations avec ses graines, son sécateur, sa sarclette. Il a réussi à connaître son état civil, et chaque année il écrit sous les fenêtres, avec des bégonias : *Joyeux anniversaire, Madame la directrice,* ou bien *Bonnes vacances et à la rentrée.* Au printemps, il ose parfois faire sortir de la terre quelques vers :

Je fais souvent ce rêve étrange et pénétrant
D'une femme inconnue, et que j'aime, et qui m'aime...

Le jardin reflète ses états d'âme. Quand il est mélancolique, il lui sème des soucis.

La directrice, amusée par cet homme au cou maigre qui devient couleur de ses pivoines quand elle paraît à la fenêtre, augmente son traitement périodiquement. Alors Carême dépense tout en graines exotiques, en arbustes hors de prix, et c'est une situation sans fin. Comme il a l'oreille à tout et une bonne tête d'abruti, elle lui a fait demander un jour par le censeur s'il ne pourrait pas écouter les conversations des élèves, comme ça, en passant, et venir rapporter ce qui lui paraîtrait intéressant.

— Parce que vous avez vu, a ajouté le censeur, quand il y a des chahuts, des agitations politiques, ils écrasent tous vos massifs...

Carême a hoché la tête. Le censeur lui parle lentement,

comme à un demeuré, et il s'efforce de garder l'air idiot par souci des convenances.

— Il ne s'agit pas de les espionner », a précisé le censeur avec un bon sourire, redoutant les scrupules de l'homme simple, « les élèves sont libres, mais il faut parfois les protéger contre eux-mêmes, dans leur intérêt... Et puis comme je dis toujours : s'il n'y a pas d'un côté ce qui est permis, et puis de l'autre ce qui ne l'est pas, il n'y a pas non plus de liberté.

Carême se retient de faire observer que c'est Camus qui a dit ça. Le censeur est une dame qui ne ressemble à rien, gros yeux de vache et petite bouche pincée : l'intermédiaire idéal. Pendant les récréations, les interclasses, il se promène dans la cour et les jardins, mégot à la lèvre, la casquette en arrière, les mains dans les poches de son tablier. Il va d'un élève à l'autre, demande à chacun si ça marche bien, s'il est content, ce qu'il étudie, ce qu'il veut faire plus tard. Les rapports qu'il remet au censeur ont longtemps été de simples fiches individuelles sans le moindre intérêt, qu'on étudiait de très près, se disant que peut-être, un jour... La patience de l'administration a été récompensée. Comme chacun sait que Carême est le mouchard du lycée, les élèves le traitent avec une froideur qui le chagrine. Il se dit que c'est parce qu'il n'est pas encore assez instruit, et redouble d'attention, sous les fenêtres, caché derrière un arbre, accroupi au milieu des genêts. Tout lui devient prétexte à développement, à extrapolation, et il puise dans sa solitude vigilante des trésors d'intrigues.

La seule personne gentille avec lui, au lycée, c'est

Sandra. Il lui a parlé de son amour impossible, des renseignements qu'il devait apporter au censeur, et elle l'aide à inventer des choses pour que ses rapports soient plus appréciés. Il lui accroche la grande échelle sur la façade de l'internat, deux fois par semaine, et ils mettent sur pied des magouilles en flânant sous les arbres. Carême est ravi. Ces fausses pistes sur lesquelles il entraîne la directrice n'éveillent en lui aucun remords. Au contraire, il y retrouve les détours de la Carte du Tendre. Les villages symboliques imaginés par Mlle de Scudéry: Nouvelle-Amitié, Billet-Galant, Exactitude et Probité, sont figurés ici par des groupuscules fascistes, des professeurs tendancieux, des surveillantes générales homosexuelles. Les rapports de Carême ont contribué de façon sensible à aggraver les tensions internes, et la directrice affiche à présent en toutes circonstances un air soucieux qui n'est pas sans rappeler la tristesse de la Dame aux camélias. Carême voue à Sandra une gratitude infinie.

— Ça va? lui demande-t-elle.

Ses lèvres remuent encore quelques instants, puis il se retourne, le tuyau à la main, tout fier.

— Ça y est, je crois bien que je les sais. Demandez-moi. Allez, allez.

Sandra tire son tee-shirt, mimant la réflexion.

— Génitif pluriel de *bos, bovis*.

Il fronce les sourcils, déplace son tuyau, des fines herbes aux plantes à tisane. L'odeur puissante de thym et d'origan se mêle à la sauge, s'adoucit de verveine.

— Pourquoi vous me demandez ça? C'est pas le modèle. C'est *urbs, urbis,* qu'ils donnent.

— Justement.

Il lève le front, repasse dans sa tête la déclinaison qu'il a apprise comme une table de multiplication, dans la foulée, s'aidant de la musique.

— *Bovium,* lance-t-il, triomphant.

— Non. *Boum.*

— Boum?

— *Boum.* C'est une exception.

Il pousse un soupir, découragé.

— Ça rentre pas, ça rentre pas…

— Je vous ai apporté les Maldives.

Il prend les photos qu'elle lui tend et son visage s'éclaire aussitôt. Il lui donne son tuyau, regarde les vues à la lueur du projecteur placé dans les branches d'un chêne.

— C'est bien beau, murmure-t-il. On dirait un peu Tahiti. Les Maldives… C'est drôle, comme nom. Elles furent découvertes en 1834, récite-t-il pour faire oublier ses faiblesses en latin. Elles se constituèrent en sultanat musulman, qui devint en 1952… Mais…

Il se tourne vers elle, incrédule, un peu confus, sourit en montrant une photo:

— Mais… ils sont tout nus.

— Oui. Ce sont des naturistes.

Il rentre le menton, glousse avec un petit air mutin, puis quand il a bien ri, demande, étonné:

— Des naturistes?

— Oui. C'est comme ça qu'on appelle les gens tout nus, en vacances.

Il ouvre la bouche, ébahi.

— Ça alors! Moi je croyais que c'était celui qui

s'occupe de la nature. Je croyais que j'étais un naturiste.

Cette idée l'emplit d'hilarité. L'eau est arrivée au niveau de la rocaille, commence à déborder. Ils reculent et Carême va fermer le robinet. Ils se taisent un moment, Sandra écoutant le clapotis du bassin, Carême perdu dans une rêverie où *bos, bovis* tourne autour de gens tout nus, sous le soleil des Maldives.

— Vous savez, dit Sandra, on va avoir un nouveau metteur en scène, au club-théâtre.

— Oh ! s'exclame-t-il en tapant du pied, j'ai encore oublié de dire au censeur, pour Mlle Sbrintz !

Il fait claquer ses doigts pour exprimer son impatience, puis regarde Sandra, adouci :

— Qu'est-ce que j'y dis, déjà ?

Moue de Sandra, indécise.

— Je peux dire, tiens, propose-t-il vivement, qu'elle est partie parce que le gros Bordemet est arrivé...

— Norbert ?

— Oui, comme quoi c'est le fils du président des parents, alors elle s'est dit : il envoie son fils pour me surveiller. Oh, c'est une canaille, ajoute-t-il avec un fin sourire. Ce Bordemet... Il essaie tout le temps de me faire parler, mais moi je le vois venir... Alors j'y dis ce que je veux bien dire.

Il lève le doigt, malicieux :

— « Tout flatteur vit aux dépens de celui qui l'écoute. »

Il frotte ses mains avec entrain.

— Et pour l'intendante ? demande Sandra.

— Eh ben ça y est, j'ai parlé au professeur que je vous avais dit. Léglantin. J'ai dit qu'elle allait démissionner de trésorière. Tiens, justement, il parlait avec Bordemet, tout à l'heure.

Il réfléchit un instant.

— Qu'est-ce qu'elle vous a fait, déjà, l'intendante ?

— Ben, elle nous refuse l'argent pour les armes.

— Ah oui.

— Et puis on n'aura pas assez pour tous les costumes. Mais tant pis, on jouera sans...

Il pouffe dans sa main.

— Vous serez des naturistes, alors.

Il s'arrête net, hausse un sourcil.

— Vous avez un nouveau metteur en scène, vous avez dit ?

— Peut-être, oui, sourit Sandra, et elle raconte l'irruption d'Émile, hier, dans la répétition.

Pendant son récit, Carême passe d'un sentiment à l'autre, sans bien comprendre ce qu'il éprouve. Il ressent un petit pincement devant l'enthousiasme de Sandra pour cet homme qui a lu, qui fait du théâtre, et qui doit venir au lycée demain après-midi.

— Et quel âge il a ? demande-t-il.

— Oh, je ne sais pas. Soixante, soixante-dix...

— Ah bon, fait-il, soulagé.

Il se gratte la tête sous sa casquette.

— Bon, ben je vais retourner à mon latin. Je peux garder les photos ?

— Bien sûr.

Elle lui tend la main et il la serre en la secouant, trois fois, comme il fait toujours.

— Et puis demain, promet-il, j'irai dire au censeur

Pour Mlle Sbrintz. C'est qu'en ce moment, avec mes roses, j'ai pas tellement la tête à tout ça... Ah ben tiens, justement, venez. Venez une minute...

Il lui fait signe avec son doigt, l'air espiègle, l'entraîne à pas de loup dans un coin sombre, près des poubelles de la cantine. Il pose l'index sur sa bouche, se baisse et lui coupe une rose qu'il lui tend. Sandra la fait tourner devant ses yeux, la renifle.

— C'est pas la plus belle, jubile-t-il, mais je suis bien content. Quand il m'est venu l'idée de faire l'hybridation, je me doutais bien que j'y mettrais le temps, mais quand même... Chaque fois qu'il m'en venait une, fatalité ! elle tombait de suite. Moi qui suis d'origine savoyarde, c'est des choses qui dépassent l'entendement. A croire que j'avais le mauvais sort, si tant est que je crois à ces fariboles. Les idoles vermoulues. Mais là j'ai réussi. Tout vient à point à qui sait attendre. Surtout, la montrez pas, hein. Je les ai mises ici pour que personne ne sache. C'est la surprise. Avec les poubelles, on remarque pas. Et puis les gens des cuisines, j'ai rien contre, hein, chaque homme est respectable en soi, mais c'est pas eux qui iraient se faire la réflexion : tiens, Carême a inventé une rose. Pour ce qu'ils y connaissent, les pauvres...

Il sourit avec une indulgence narquoise. La lecture de Marx l'a laissé quelque temps songeur, puis sa bonhomie a repris le dessus et il ne se pose plus de problèmes. Chacun à sa place, et les vaches seront bien gardées.

— Remarquez, ajoute-t-il quand même, moi on me mettrait devant une bassine de pommes de terre en me disant : épluche, je les ferais peut-être bien grosses...

Sandra caresse sa joue avec la rose.

— Vous lui avez donné un nom ?

— *Madame la directrice,* répond-il, spontané, puis il se trouble et baisse les yeux.

— Bon, dit-elle, eh bien bonne nuit... Et merci.

Il relève les yeux pour la regarder s'éloigner, vers l'internat, vers son échelle. Les projecteurs découpent dans l'ombre sa silhouette fine, ses fesses, ses jambes longues, ses cheveux blonds, tout ça. Une mélancolie descend sur l'estomac de Carême. Parfois il songe que c'est un peu dommage qu'il soit déjà amoureux. Pour Sandra, il ferait de la culture physique tous les jours, monterait à la corde, apprendrait à jouer au ballon, demanderait les clés du gymnase pendant les vacances... Mais il sent qu'il est trop tard pour quitter la voie de la connaissance qui mène à la directrice. Évidemment, la directrice est moins jeune, mais il a tellement lu... La nuit, dans son lit, il essaie d'oublier la beauté de Sandra en pensant à son intelligence, qui la ramène sur un terrain où la directrice l'emporte. Pourtant, certains soirs, ou pendant la sieste quand les ballons cognent contre le mur de sa chambre, il trouve que Sandra est bien intelligente. Corneille a écrit dans *Le Cid :* « La valeur n'attend point le nombre des années. » Carême pense qu'il a raison.

En rentrant chez lui, le dimanche après-midi, Émile n'a rien dit à sa femme. Il est allé dans sa chambre, a sorti le manuscrit qu'il cachait dans son pull, et l'a glissé sous le lit. Puis il a regardé la fin du feuilleton à la télé, a réparé la lampe d'un voisin qui avait un mauvais contact. Au dîner, il a distribué les médicaments, comme si de rien n'était, et s'est trompé, a donné à Antoine une gélule de Marie. Marie n'a rien dit, a avalé docilement le remède de son frère, en espérant que ça ne prêterait pas à conséquence.

Le soir, il l'a embrassée sur le front, a éteint et s'est mis à écouter sa respiration. Quand il a été sûr qu'elle dormait, il a allongé le bras sous le lit, a pris son texte et a quitté la chambre, sur la pointe des pieds. La lune passait entre les lattes des persiennes. Il a tourné le coin du couloir, a buté contre un meuble et le sommier a grincé, à côté.

— Qu'est-ce que c'est ? a demandé Antoine d'une petite voix.

— C'est rien, c'est rien, a sifflé Émile entre ses dents. C'est moi. Je vais aux cabinets. Dors.

Il est resté un instant immobile. Aucun bruit. Antoine devait être assis dans son lit, tremblant.

— Qu'est-ce que c'est? a redemandé la petite voix chevrotante, plus bas.

Avec un soupir, Émile est entré dans les cabinets, a allumé, s'est installé sur la lunette et a ouvert le manuscrit. Pendant une heure un quart il a lu, tirant la chasse de temps en temps pour ne pas donner l'éveil.

Un type est à l'hôpital. Voix off, il se rend compte qu'il est sourd. Retour en arrière : il part à la guerre. Il serre dans ses bras sa fiancée, et le blessé qui joue son rôle sous les draps découvre qu'il n'a plus de bras. Il veut appeler au secours : il est muet. Un obus lui tombe dessus. Il boit du champagne avec son patron, c'est la fête de l'entreprise. Coup de téléphone : son père est mort. Il part à la guerre. Diapositive : on voit un petit garçon de sept ans. C'est lui. Il parle à son père. Le père s'appelle Johnny. C'est lui. Ah, d'accord. Le Johnny-debout. Non, le Johnny-couché.

Émile revient en arrière, complètement perdu. En plus c'est l'exemplaire qu'a rendu la prof qui les mettait en scène, et il y a des notes au stylo jusque par-dessus les répliques, dans un charabia auquel il ne comprend rien. Noël. Le Johnny du lit découvre qu'on lui a coupé les jambes. Ça va durer longtemps? Il pourrait tout découvrir en une fois, qu'on n'en parle plus. L'infirmière est sa fiancée d'autrefois. Ah. Elle essaie de communiquer avec lui par transmission de pensée. Ça va être visuel. Elle trace des lettres sur sa poitrine. « Joyeux Noël ». Retour en arrière : il part à la guerre. Et toujours des diapos, des voix off, mais qu'est-ce que c'est que cette histoire? Et l'autre qui raconte sa vie dans la marge... Scènes de tranchées, scènes de rêves, veillées familiales autour du feu. Un rat, la fiancée, des soldats. Johnny-couché essaie de se repérer dans le temps. Il compte les secondes, les minutes. Diapositives : un, deux, trois, quatre... Un an est passé. Des officiers viennent le décorer. Il ne veut pas, il s'agite, on lui fait une piqûre. Le Christ. Le Christ ? Qu'est-ce qu'il vient foutre ici, celui-là ? Le Christ joue aux cartes dans une tranchée. Mais c'est pas vrai. Kermesse, fête foraine, on montre le Johnny-cul-de-jatte en spectacle. Comme une femme à barbe. C'est un rêve. Diapositive : un rat. Bruit du rat qui grignote les pansements. Le Christ fabrique un cercueil, Johnny vient lui parler du rat. Il lui explique ses problèmes, lui demande comment distinguer le rêve de la réalité. Arrive l'infirmière qui joue à cache-cache avec lui, autour du lit où l'autre s'agite. Noir. Sa mère vient donner à Johnny l'idée de s'exprimer en morse, avec sa tête. Johnny-couché demande qu'on le tue. Les officiers refusent, ce n'est pas dans le règlement. Il appartient à la recherche médicale. Ils s'en vont. L'infirmière reste. Elle parle. Elle l'aime. Le magnéto répond. Comme il n'entend rien, quiproquo. Retour au morse. Elle débranche son arrivée d'air, presse sa poitrine. La voix se sent mourir, délivrance. Arrive le docteur qui le rebranche. Elle le redébranche. Elle est renvoyée. Tous les personnages reviennent autour du lit et se plaignent de la condition humaine. Ils partent à la guerre. Battements de cœur au magnéto, de plus en plus forts, couvrant les voix. Bruit de l'obus qui éclate. Fin.

Émile referme le manuscrit, et passe la main sur son front.

La troupe attend dans la salle de théâtre, fumant, révisant. Il y a le petit Forissac, seconde A, qui met des lunettes de star américaine et un anneau à son oreille droite, pour se vieillir. Il est venu au club-théâtre afin de se faire bien voir par Mlle Sbrintz, sa prof de lettres, et maintenant qu'elle est partie il se sent seul. Il joue le père de famille de la 2, le patron de Johnny, l'Anglais de la 8, l'Allemand de la 16, le Christ, un soldat.

Il y a Nicole, la grande gigue aux cheveux ras qui incarne le bonimenteur de la 2, un général et une passante. Elle est là parce qu'elle sort avec Frédéric le pâtissier. Aussi sombres et tourmentés l'un que l'autre, ils partagent de longues discussions sur l'engagement social entrecoupées de galipettes studieuses. Ils ne s'embrassent pas en public, ne se prennent jamais la main. Frédéric lui a acheté une bague pour son anniversaire. Elle lui a offert un rasoir à Noël. Ils ont peur l'un de l'autre parce qu'ils se rendent heureux.

Près de la fenêtre se tient Mireille, la grassouillette expansive, qui est passée par toutes les activités du foyer. Elle a cassé des avions en aéromodélisme, marqué des buts contre son camp au hand-ball, voilé ses négatifs au club-photo. Elle joue la sœur, la mère, l'institutrice de Johnny, et un soldat, avec le même ton et les mêmes mimiques, le spectateur aura du mal à comprendre l'intrigue. L'an prochain, elle s'inscrira au club-philatélie.

Norbert tue le temps avec appréhension, tortillant la courroie de son casque. Sandra parle à Christian, le grand blond qui joue le Johnny d'autrefois. Tintin l'adaptateur est en bas, devant la cour d'honneur, guette en se rongeant les ongles, dansant d'une jambe sur l'autre.

Émile franchit les grilles à quatre heures quinze, le pas rapide, une serviette sous le bras. Ils se serrent la main, grimpent à l'internat. Émile entre en coup de vent, jette le manuscrit sur une table, approche une chaise et s'assied, doigts croisés.

— Bon. C'est assez statique, hein. Et puis ça parle quand même beaucoup. Alors moi, d'abord, je coupe tout ce qui est diapositive : on fait du théâtre ou on projette des photos, il faut choisir. Et puis, bon, il faudrait savoir ce que vous voulez faire exactement. Si c'est une satire de la guerre ou un truc sur la mort. Enfin, on en discutera. Mais alors une chose qui est insupportable, c'est cette « voix off », tout le temps. Qu'est-ce que ça veut dire, ça ? Hein ? Quand j'avais votre âge, on se réunissait autour d'un poste à galène, et on écoutait la radio. Alors si le théâtre moderne c'est devenu ça... Après on s'étonne que les gens restent chez eux à regarder la télé.

Silence.

— Mais..., proteste Tintin, la voix de Johnny, c'est... c'est l'axe. Toute la pièce repose dessus...

— La pièce repose, mais le spectateur il s'endort. Qu'est-ce que tu veux lui donner, comme impression ? Tu le mets devant un lit, et tu lui colles la voix d'un bonhomme qui raconte qu'il a perdu ses bras, ses jambes, ses yeux... C'est intéressant.

— Mais... il faut que le spectateur se sente mal à l'aise

— C'est ça. Il paie sa place, et on lui donne un sac pour vomir à l'entracte.

— Elle ne vous plaît pas, la pièce? demande Sandra, déçue.

— Mais si, elle me plaît! La question n'est pas là. Moi, vous me demandez mon avis, je vous le donne. J'ai bien compris ce que vous avez voulu faire, allez, je ne suis pas idiot. Seulement le théâtre, c'est d'abord un spectacle. Un plaisir. On peut tout faire passer, mais justement le théâtre c'est ça: *faire passer*. Et je vous le dis tout net: tel que, c'est pas jouable. Les gens s'en iront en courant. Alors il faut trouver quelque chose pour que ça passe, en gardant le côté dramatique, qui est bon. Mais il faut mettre de l'humour. Du mouvement. Il faut que ça vive, quoi. C'est pas parce que vous parlez de la mort que ça doit être une veillée aux chandelles.

Les jeunes se regardent, sceptiques. Il lance, excédé:

— Votre Beckett, que vous admirez tant, il l'a bien compris.

Froncements de sourcils. Pourtant, on avait l'impression que Beckett... Émile a dû aller très loin dans l'étude de son œuvre.

— D'accord, objecte Frédéric, mais dans *Fin de partie*, par exemple, le sordide...

— Le sordide, le sordide... Parce que tu as une voix qui dit (il tourne les pages) «Je sens un rat courir sur mes pansements», ou bien «ma tête a fait tomber le vase de nuit», tu crois que les gens vont tourner de l'œil? Moi je te dis qu'ils vont bâiller. Jamais ils ne bâillent, chez Beckett. Vous avez déjà bâillé à une pièce de Beckett?

Signes de tête, négatifs. Émile trouve que décidément ce Beckett est bien pratique. Il faudra qu'il le lise, un jour.

— Bon, et puis il y a des tas de points de détail qui ne vont pas. Je prends au hasard. Tiens, là, dans la 7. Johnny et la fiancée. « Ma petite biquette ». Tu as déjà dit « ma petite biquette » à une femme ? Le type qui part à la guerre, il dit « ma petite biquette » ? C'est quand même drôle, votre génération : soi-disant c'est l'amour libre, et je couche, et tu couches, et puis vous arrivez sur scène et c'est des petites biquettes ! C'est de la vie qu'il faut faire, bon Dieu, pas des petites biquettes ! Bon, la 2, la farandole quand ils partent à la guerre sur le quai, ce que j'ai vu dimanche, l'idée, c'est pas mal. Mais vous voyez, vous avez cette idée de fête, de kermesse avec le bonimenteur, voilà, mais vous ne l'exploitez pas. Il y a le type qui serre la fiancée dans ses bras, et aussi sec, on se retrouve à l'hôpital. Non, il faut un peu de folie, quoi, enfin, vous êtes jeunes ! Faites *Hellzapoppin,* avec l'Oncle Sam, des majorettes...

— Mais... on est huit, lui rappelle Frédéric.

— Oui. Bon. Toi, le pâtissier, j'aurai deux mots à te dire. Ce docteur que tu joues, il ne sert à rien, il faut que tu trouves des choses, des jeux de scène ; un poids mort, c'est inacceptable. Oui, vous êtes huit, et alors ? Vous ne pouvez pas être plus ?

— Ça ferait perdre de la force, réplique Norbert de sa voix bourrue.

On hoche la tête. Frédéric et Tintin le regardent avec amitié, contents qu'il partage leur conception de la pièce. En fait Norbert ne veut pas de garçons supplémentaires dans la troupe, autour de Sandra, il y en a déjà bien assez.

— On a pris le parti, explique Tintin, d'être peu nombreux, de jouer chacun plusieurs personnages, pour donner l'impression…

— L'impression que c'est du théâtre pauvre ! s'énerve Émile, que vous faites la quête à la sortie. Ce n'est pas possible, ça, des idées pareilles ! Mais enfin, ce professeur que vous aviez avant, qu'est-ce qu'elle vous disait ?

Pas de réponse.

— A part écrire sur le texte, elle faisait bien quelque chose ! Elle vous faisait travailler, quand même !

— Ben… Elle voulait qu'on sente les scènes, avant de les jouer… Qu'on fasse une approche…

— On discutait autour des personnages, on notait ce qu'on voulait exprimer.

— Et puis on mimait des situations… On faisait de l'expression corporelle.

Émile se frappe le front. Sa main glisse lentement sur sa joue, tirant son visage.

— Bon, ben j'ai compris. On efface tout et on recommence. Enfin, si vous voulez, hein, parce que moi… Je ne voudrais surtout pas m'imposer.

Sandra mord ses lèvres. Norbert se racle la gorge. Il voit d'un mauvais œil ce bonhomme qui vient tout chambouler, qui peut-être va vouloir redistribuer les rôles, sait-on jamais… A l'idée que Sandra pourrait être remplacée par l'autre boudin en robe à fleurs, il se sent blêmir.

— Mais, en quinze jours…, gémit Tintin.

— Évidemment qu'on ne va pas réécrire. On n'a pas le temps. On va couper, c'est tout.

— Ah non ! laisse échapper Norbert.

On le regarde, et Sandra éclate de rire. Les autres sourient, un peu gênés.

— Vous savez, hoquette-t-elle, les larmes aux yeux, il ne lui reste plus grand-chose…

Norbert devient très rouge, baisse les yeux. Émile se masse la nuque en feuilletant le texte.

— Écoute, ma petite chérie, tu es bien gentille, mais si tu veux qu'on arrive à quelque chose, il faut un peu de discipline. Si tout le monde se met à raconter des plaisanteries, ce n'est pas non plus une solution. Alors voilà ce que je vous propose : vous êtes prêts à jouer, là ? Bon. Alors vous me baissez les stores, et vous me faites un filage. Là, tout de suite. Et après on discute des coupures. Parce que j'ai déjà une idée, mais c'est quand même votre pièce, c'est vous qui la jouez. Allez, hop ! Installez le plateau, je veux tout le monde en coulisses, on lève dans cinq minutes. Qui est-ce, ces deux-là ?

Il s'est retourné vers deux filles qui travaillent sur une table du fond, au-dessus de leurs classeurs. La salle de théâtre est une simple étude, avec une estrade cachée par un rideau vert. Les internes viennent souvent y travailler pendant les répétitions. Il y a des garçons et ça fait passer le temps. Émile s'avance, menaçant.

— Vous êtes de la troupe ? Non. Alors dehors. Ouste ! Ça va changer, maintenant, finie la pagaille.

Les filles replient leurs affaires en marmonnant, quittent la salle. Un noir relatif s'est fait, Tintin a ouvert une grande malle, installé les projecteurs, préparé le magnétophone, Frédéric a sorti ses ciseaux de docteur, et Norbert s'est couché, glissant ses jambes et ses bras entre les ressorts du sommier. Sandra vient lui enrouler sa bande Velpeau autour de la tête, en lui grattouillant les cheveux. Les seins touchent son corps et il ressent une brûlure à la pensée que ces instants lui sont peut-être comptés. Il essaie de chasser l'angoisse, s'enfonce dans l'obscurité qui sent la pommade. La Velpeau n'est pas très propre, a dû entourer la cheville de Sandra un jour de foulure, ou bien sa jambe, sa cuisse... Il s'épuise l'esprit à imaginer son corps blessé, suce doucement les peluches qui entrent dans sa bouche. Les battements de son cœur résonnent sur la bande magnétique, répercutant son émotion.

— *Tout est calme et silencieux... Où suis-je ? J'ai mal à la tête... Je n'aurais pas dû boire leur vin. Mais... non, je n'ai pas la gueule de bois. Je suis malade...*

Il s'applique à remuer la tête, lentement, pour mettre le spectateur mal à l'aise. C'est ce qu'on lui a dit. On lui a fait apprendre par cœur la bande sonore, pour qu'il soit synchro. C'est Christian qui parle au magnétophone. Il tient le rôle de Johnny vivant, il est beau, il est mince, il est blond, et tout à l'heure il prendra Sandra dans ses bras.

— *Je ne suis pas malade. Je suis blessé. Grièvement blessé... Je rêve... Non, je ne rêve pas.*

Émile s'est installé au milieu de la salle, la joue dans une main. Il attend la fin des scènes, puis barre son texte à grands traits et tourne la page. C'est agréable pour ceux qui jouent. Tintin, au magnéto, se sent comme à l'oral du bac l'an dernier, comme au permis de conduire, comme au conseil de révision. Il a loupé son bac, circule toujours à mobylette, s'est fait passer pour asthmatique et on l'a réformé. C'est le seul succès qu'il ait eu dans sa vie. Il est conscient de sa vocation de raté, de son impuissance à créer, et il essaie d'en faire quelque chose. En réalité il est plein d'un talent qu'il prend pour de la facilité, qu'il méprise et n'exploite pas. Il vit seul et les notes de gaz, les yaourts et les boulots d'été l'aident à se convaincre de sa médiocrité. Il est sincère, résigné, et puis tout à coup un espoir le transporte et le fait vivre pendant six mois. Johnny. Il y a cru, et l'illusion qui s'est défaite au fil des répétitions est peut-être en train de renaître. Il écoute les acteurs, tendus, décalés, incertains, agit sur le volume, les graves et les aigus, avec le secret espoir d'améliorer leur jeu…

A la fin du filage, ils restent immobiles sur la scène, devant le décor blanc. Ils n'osent pas bouger, n'osent pas redescendre dans la salle. Ils se taisent et attendent la réaction d'Émile, assis à sa table, les lunettes relevées sur le front, les mains jointes sous le menton.

— Une heure quarante-trois, annonce-t-il simplement.

Tintin rembobine, dépité. Sandra aide Norbert à se lever, lui déroule sa bande Velpeau. Le regard de Johnny-couché et celui de Johnny-debout se croisent, s'affrontent un instant. Les autres sont allés faire cercle autour d'Émile.

— Bon, je n'ai rien besoin de vous dire : vous avez vu vous-mêmes.

Ils baissent la tête, mis en face de leur jeu. En fait Émile est embarrassé, a eu recours à cette pirouette pour n'avoir pas à faire machine arrière. Il a marché. Cette pièce qu'il avait trouvée odieuse à la lecture, à cause du charabia, des retours en arrière et des flèches de l'autre folle, cette pièce l'a touché. Pas par le texte, par le jeu des acteurs. Maladroits, mais si jeunes, si empêtrés dans leur sérieux et l'illusion dramatique, que quelque chose est passé, une détresse vraie, une émotion juste, un appel; au-delà du sordide, de la voix off, des lumières crues... Petits cendrillons de l'angoisse, leur pièce est une citrouille. Émile est tout retourné, voudrait leur dire merci, leur dire courage, leur dire qu'ils vont réussir, ensemble, que des salles entières marcheront comme il vient de marcher. Mais il a trop d'expérience pour se fier à son jugement, en ce moment. Il sait qu'il n'a pas mis en scène depuis quinze ans, et que son trouble ne leur doit peut-être rien. Alors il attrape son texte, les fait asseoir et recommence à les houspiller, à les secouer pour tromper l'émotion.

— Bon, tu parles de la guerre, il faut faire une bataille, sinon comment veux-tu que les gens comprennent? Tu veux dénoncer les horreurs de la guerre et les types jouent aux cartes dans les tranchées. Ça n'a pas de sens. Et puis si ta pièce est antimilitariste, tu le fais partir une fois, ton Johnny, et ça suffit. On a compris.

Tintin tourne un bouton de sa chemise.

— Non, mais ce n'est pas lui, à chaque fois... Il symbolise les autres... L'hystérie collective.

Émile frappe la table du plat de la main.

— Écoute, c'est à des spectateurs que tu t'adresses, pas à des fous. Alors tu es gentil, ta pièce, si tu veux, tu la reprends et tu la mets dans un tiroir, et puis voilà. Mais si tu veux qu'elle soit jouée, laisse-moi faire. Chacun son boulot, enfin!

Tintin baisse la tête. Émile s'en veut, et envoie soudain ses scrupules par-dessus les moulins :

— Mais elle est bien, ta pièce ! Je vous dis que ça marchera, vous êtes tous bons, vous y croyez, j'y crois aussi, on a quinze jours. Quinze jours ! Qu'est-ce qu'il vous faut de plus ? J'ai monté des trucs en vingt-quatre heures, moi. Au théâtre, on croit toujours qu'on ne sera jamais prêts, et c'est ça qui fait que ça marche. Qu'est-ce qu'il manque ? Les costumes, les armes ? Je m'en occupe. Je connais tout le monde, j'aurai tout, et gratuit. Mais alors confiance ! Hein ? Je ne vous réclame que deux choses : la confiance, et du travail. Le reste, c'est mon affaire.

Cette sortie inattendue produit un effet remarquable. Vidés par le jeu, par le doute, ils reçoivent cette volée d'enthousiasme en plein cœur. Les textes circulent, les crayons passent de l'un à l'autre, dans un entrain fébrile.

— A mon commandement !... Barrez !

On commence par la voix off. Chaque rature taille dans le vif de Norbert, mais Émile ne coupe que les phrases, ne touche pas aux gestes de Sandra. On revient au début, et chaque personnage passe à son tour sur le billard. Soulagé, Norbert prend un plaisir vengeur à voir amputer les bien portants. Quelques voix discutent, essaient de négocier :

— Ça, bien enlevé, ça pourrait être pas mal...

— Et carrément coupé c'est encore mieux, tranche Émile en sabrant.

Chacun se retrouve dehors à huit heures, avec à la main la nouvelle version. Cinquante-deux minutes. C'est un peu riquiqui, mais Émile a précisé : cinquante-deux minutes *de texte*. Le reste, il s'en charge.

— Vous verrez, les pièces, c'est comme les arbres; faut les tailler pour que ça reparte.

Sandra file dîner au réfectoire. Elle a embrassé Émile, dans un élan spontané qui l'a laissé tout chose. Il met les mains dans ses poches, sourit d'un air bougon tandis que les sandales claquent dans l'allée. Une odeur fraîche et douceâtre envahit les jardins, un parfum de genêts. Émile voudrait rester. Étourdi par l'effort, maintenant il se sent vieux, il a peur de rentrer chez lui, il est à deux doigts d'oublier toute coquetterie et de les serrer contre lui, ces gosses qui lui apportent leurs espoirs, leurs détresses, et qui le prennent pour le père Noël. Il distribue des poignées de main, des claques d'encouragement.

— Allez, à demain midi. Et d'ici là repos, hein? Oui, oui, à votre âge, on sait ce que c'est... Relisez quand même vos textes. Apprenez vos coupures, comme dirait l'autre... Le premier qui oublie les siennes, corvée de planches. Vous ne savez pas ce que c'est, la corvée de planches, hein? Je vous expliquerai ça un jour...

Il continue à parler tandis qu'il s'éloigne, se retournant, haussant la voix, écrasant les tulipes qui s'inclinent sur le ciment de l'allée. Les internes le regardent passer, surprises. Il franchit le portail et disparaît derrière les voitures.

Norbert attend que les autres soient partis. Sa solitude se redresse comme une herbe. Il est résigné à n'avoir de Sandra que ses mains, que ses gestes, à jouer les Johnny-couche-toi-là, mais c'est tellement dur de la voir, ensuite, en dehors des répétitions, de sentir qu'il n'existe plus... Il remonte l'allée vers le gymnase, se guidant au bruit du jet d'eau. Le jardinier se tient devant un massif d'hortensias, son tuyau à la main. Norbert s'arrête à côté de lui, les bras dans le dos, l'observe un moment. Puis il lance :

— Ça pousse ? — comme il dirait « ça mord ? » à un pêcheur.

Carême se tourne vers lui, préoccupé.

— Comment c'est, déjà ? *Mari, mare* ou *mari, mari ?*

Norbert hausse les sourcils.

— Quoi ?

— Ben oui. On dirait que je cause chinois. C'est en latin, que je te demande : on dit : *mari, mare,* ou *mari, mari ?*

Norbert gonfle les joues.

— Vous savez, moi... Je suis en C.

Carême le regarde comme une bête curieuse.

— Tu veux dire que tu ne sais pas le latin ?

Il guette sur son visage un démenti qui ne vient pas.

— Ça alors... Eh ben ton père, au lieu d'être tout le temps sur le dos des gens, il ferait mieux de s'occuper de tes études. Figure-toi que moi qui ai lu, eh bien dans la vie, celui qui ne sait pas le latin, je dirais qu'il n'a pas de racines. Parce que le français, ça vient du latin.

Norbert baisse les yeux. S'il faisait du latin au lieu de faire des maths, il serait peut-être en A2, dans la classe de Sandra. Il pense que le jardinier a raison. Il n'a pas de racines. Cependant les mots qu'il a prononcés ont ramené Carême dans sa mélancolie, et il se sent proche de ce garçon qui ne sait pas le latin, parce que lui il est un homme brisé.

— Tu vois, lui dit-il avec une tristesse chaleureuse, l'homme il se dit toujours : l'amour, que soi-disant l'amour ça fait tout passer. C'est vrai, mais je vais te dire une chose : quand l'amour te retombe dessus, là t'es plus rien.

Il a cru distinguer une froideur inhabituelle dans le salut de la directrice, ce matin, et depuis cette impression a fait son chemin dans sa tête, est devenue une conséquence qu'il essaie de justifier.

— Tu vois, la timidité, c'est une chose qu'on a beau faire, tu peux toujours t'instruire, elle part pas. Et à la fin, moi, je comprends que les gens, ça les vexe…

Il pousse un long soupir.

— Je te prends l'exemple du basilic. Chaque année, il me vient le basilic au moment du bac. J'y peux rien, c'est la nature. Alors chaque année, je me dis : je vais faire un pistou, et je le lui porterai. Et puis je tergiverse, et total : les vacances arrivent, je me retrouve seul avec mon basilic, et à la rentrée il est fini.

Il abandonne le tuyau, se baisse pour ramasser un pot de confiture où trempe un petit pinceau. C'est une décoction d'orties. Il se tourne de l'autre côté de l'allée, et se met à peindre un parterre de roses, tige après tige, feuille après feuille. C'est long, mais c'est efficace. Le pou s'imagine qu'il est sur des orties, et il ne revient plus. Évidemment, le jardinier normal, il balance des pesticides. Il faut en avoir lourd sur le cœur pour protéger ses roses en les camouflant.

— Un pou adulte, commente-t-il, en huit jours il est arrière-grand-père. C'est que je les connais, ces saloperies-là. Si tu les laisses se reproduire, un jour ils pulluleront et l'homme, ils le rayeront de la surface de la terre.

Il regarde ses roses avec une attention nouvelle depuis qu'il a lu les *Chants de Maldoror*. Pour apaiser ses remords, il se met à parler de Lautréamont.

— Ce qu'il raconte, on comprend pas bien. Je crois qu'il était un peu fou. En tout cas, c'est un homme qui était obsédé par les poux. J'en ai causé avec M. Chamfort, et pourtant c'est un professeur qui a de bonnes classes, il m'a expliqué, mais il a pas compris. Moi ce que je crois, c'est que ce Lautréamont, il avait des morpions.

Mais la tentative de Carême tourne court et le renfonce dans sa détresse. Des pensées contraires s'affrontent dans sa tête, brouillent son raisonnement. Le regard dur de la directrice se pose sur lui entre les roses, et voilà qu'elles deviennent pour de bon des orties. Il se redresse vivement, cherche dans les yeux de Norbert une issue, un espoir. Avec le retour des beaux jours, il est très sollicité. La directrice travaille la fenêtre ouverte et on se figure qu'il sait des tas de choses. Il entretient la légende, pour avoir des gens à qui se confier.

— Alors qu'est-ce qu'il veut que je te dise, ton père? murmure-t-il, la voix altérée.

Pourtant Dieu sait qu'il n'aime pas ces Bordemet. L'autre semaine, pour l'appâter, le président des parents lui a promis la création d'un club-jardinage, dans le cadre du foyer. Carême a poussé une exclamation, horrifié. C'est comme si on le nationalisait. Mais tout ça n'a plus de sens. La directrice l'a envoyé sur les roses.

— Je ne sais pas, répond Norbert.

Carême baisse les yeux.

— Comment tu veux que je te le dise, alors, si tu n'en

sais rien? Je peux aussi bien te le dire, et que tu ne remarques pas. Tu n'as pas l'air bien malin.

Il se penche pour ramasser le tuyau, tristement, le glisse sous les branches d'un autre hortensia.

— Tu vois, dit-il après réflexion, celui qui a de l'amour et qui n'en est pas digne, ce qu'il y gagne, c'est la solitude. Seulement la solitude, ça t'enrichit. Et après, là, tu deviens digne.

Ils restent un moment côte à côte. Ils ne disent rien, oublient mutuellement leur présence. Ils se déplacent d'un hortensia à l'autre, et c'est comme s'ils donnaient de l'eau à leurs amours.

— Tu rentres déjeuner ? a demandé Marie.

Émile a répondu, l'air affairé :

— Non, j'ai une répétition.

Il se sent des ailes. Il vient d'entrer au lycée, par la cour d'honneur, se dirige vers la loge du concierge. Il demande à voir la directrice.

— Vous avez rendez-vous ?

— Non, non, c'est une simple visite de courtoisie.

Le concierge le fait asseoir dans le hall, sur un fauteuil de jardin, devant une table chargée de magazines. Une cloche sonne, des professeurs entrent, poussant la porte en verre, serviette sous le bras. A chaque nouvel arrivant, il se lève, la main tendue, marche à sa rencontre :

— Émile Mosca.

Le professeur dit bonjour, surpris, cherche un Mosca dans ses élèves, mais déjà Émile s'est dirigé vers un autre et lui serre la main :

— Émile Mosca.

Perplexes, les professeurs s'attendent dans le couloir, près du bureau des absences, s'interrogent du regard. Au bout de vingt minutes le concierge vient chercher Émile, lui ouvre une porte sur le côté droit du hall, et le précède dans un couloir recouvert d'un tapis. Des machines à écrire crépitent derrière les cloisons. Au fond, une porte matelassée, garnie de cuir rouge. Le concierge entre dans un secrétariat, et remet Émile à une dactylo qui l'introduit chez la directrice. C'est une grande femme digne, le chignon strict, le sourire horizontal. Elle pose un papier, lui fait signe de s'asseoir.

— Monsieur?

La secrétaire a refermé la porte, derrière lui. Il va pour se présenter, et puis cette rigidité, ces locaux fonctionnels, le regard administratif posé sur lui dans le bruit des machines à écrire, tout ça redouble son excitation, il fait un pas en avant et entonne :

— *Le roi bar-bu qui s'avance -bu qui s'avance -bu qui s'avance, C'est A-gamemnon, Aga-aga-memnon.*
Et ce nom -seul me dispense -seul me dispense -seul me dispense, D'en di-re plus long, d'en di-ire plus long…

La directrice interloquée recule dans son fauteuil, prête à appeler au secours. Émile s'arrête, rougit. Il s'est laissé emporter. Ce n'est pas le personnage. Il toussote et tend la main :

— Émile Mosca, metteur en scène. J'ai l'honneur de me présenter à vous, Madame la directrice, puisque je suis appelé à travailler dans vos locaux.

— Pardon?

— Oui, je viens de reprendre la direction de votre troupe.

La directrice le dévisage pendant quelques secondes.

— De ma troupe… Vous voulez dire du club-théâtre ? Mais… mais comment cela, vous vous êtes entendu avec Mlle Sbrintz ?

Il frappe dans ses mains et s'exclame joyeusement, les yeux au ciel :

— Ah, celle-là ! Je vous en assure d'une. Ce n'est pas pour vous dire du mal, c'est peut-être un excellent professeur, mais alors, côté théâtre… Vous comprenez, moi je trouve aberrant qu'on se dise professeur de français quand on n'a jamais fait de mise en scène. C'est… ça n'a aucun rapport. Enfin, je veux dire, le français tel qu'elle peut l'enseigner et puis le théâtre, c'est… c'est comme si vous, tiens, vous vous disiez professeur. Et pourtant vous dirigez les professeurs.

— Mais… mais je suis professeur ! balbutie la directrice.

Il la regarde d'un drôle d'air.

— Ah bon ? Alors vous êtes à la fois professeur et directrice ?

— Non… Enfin, je suis professeur de formation, j'ai enseigné, et on m'a nommée chef d'établissement… Mais ça ne vous regarde pas, enfin ! coupe-t-elle, brusquement hors d'elle.

Il arque un sourcil, redresse la tête.

— Pourquoi le prenez-vous sur ce ton ? Moi j'arrive dans votre lycée, j'ai soixante-douze ans, madame. Comment voulez-vous que je sois au courant de vos histoires ? C'est vrai, je viens pour rendre service, parce que croyez bien que j'ai autre chose à faire, et j'arrive comme un chien dans un jeu de quilles… C'est agréable !

La directrice se lève d'un bond.

— Mais enfin, monsieur, personne n'est venu vous chercher...

— Si, madame, justement ! Et je comprends pourquoi, à présent. Pourquoi vos élèves n'ont trouvé personne pour les faire travailler, dans ce lycée !

— Écoutez, monsieur, j'ignore qui a fait appel à vous, mais comprenez bien que je ne peux pas vous laisser arriver, comme ça, vous installer... C'est un lycée, ici. Il vous faut une autorisation de pénétrer à l'internat. Vous devez me fournir des références professionnelles, un certificat de moralité...

— Un quoi ?

Émile est debout, les yeux ronds.

— C'est la loi, monsieur. Je suis responsable d'un internat, d'un internat de filles.

Le poing d'Émile s'abat sur le bureau.

— Un certificat de moralité ! Vous vous foutez de moi, madame ! Jamais, en soixante ans de carrière... — et croyez bien que j'en ai vu —, jamais on ne m'a traité de la sorte. Un certificat de moralité pour faire du théâtre ! Nous sommes au XXe siècle, madame ! Autrefois les comédiens étaient des possédés, des hérétiques, aujourd'hui ce sont des gangsters, c'est ça ? Et après on vient parler de liberté... Dès qu'on essaie de faire quelque chose, alors, c'est la révolution ?

— Voyons, monsieur...

— Vous savez combien je touche de l'État, madame, après soixante ans de carrière ? Neuf cents francs par mois. Parce qu'autrefois, nous n'étions pas déclarés. Voilà. Et aujourd'hui où je viens offrir mes services sans rien demander à personne, on me demande mon casier judiciaire !

— Écoutez, monsieur, nous nous sommes mal compris, apaise la directrice. Comprenez bien que je ne fais...

— Que votre devoir, oui. Eh bien je vais vous les apporter, mes références professionnelles. Je vais vous les apporter. Avec mon livret de famille, mon extrait de naissance, mes notes de gaz. Oh, j'ai l'habitude... Cent fois, je suis allé à la Sécurité sociale, au bureau d'aide sociale, avec mes contrats, tous mes contrats depuis soixante ans, et vous savez ce qu'on m'a dit ? que ça ne valait rien. Rien, madame. C'est ça que vous allez me dire, aussi ? » Et il ajoute dans la foulée : « Sans la retraite de la Comédie-Française, je serais à la rue, madame, à la rue. Et vous croyez que c'est un encouragement, ça, pour vos jeunes qui essaient de faire du théâtre, au lieu d'écrire sur les murs ou de se droguer ? Hein ? Mais si vous vous conduisez comme ça avec eux, on s'explique bien des choses dans la jeunesse d'aujourd'hui, madame. Bien des choses !

Et il sort, outré, claquant la porte derrière lui. Dans le couloir, il se frappe la tempe avec l'index. Il traverse la cour d'honneur au pas de charge, lance au concierge avec un geste vers les bureaux :

— Et voilà, maintenant on met des femmes partout !

La directrice se rassied lentement, déconcertée. L'intendante passe à la fenêtre, détournant ostensiblement la tête. Allons bon. Maintenant que le jardinier a répandu le bruit qu'elle allait démissionner du foyer, il faut pourtant bien qu'elle le fasse... Sinon les parents Martin et le SNIP, qui ont déjà préparé leurs ripostes, accuseront l'administration de manœuvres, et ce n'est vraiment pas le moment. La directrice pianote sur son sous-main. Elle commence à douter sérieusement du côté fleur bleue de son jardinier.

En descendant le boulevard, Émile rencontre le mort. C'est comme ça qu'il appelle Norbert. Il lui serre la main, et lui rapporte sa visite de courtoisie.

— Elle est complètement nase, la dirlo, explique Norbert.

— Oui, eh bien moi, je te mettrai ça au pas. Si tu crois qu'elle va nous empêcher de travailler… Je connais l'espèce, tu sais. C'est comme au théâtre. Ça te raconte qu'ils n'ont pas d'argent, que ton spectacle ne fera pas un rond, et après quand ça marche, tu es leur cher ami et c'est eux qui t'ont découvert.

Norbert approuve en soupirant.

— Alors ça va, tes petites affaires?

— Hein?

— Mais oui, avec l'infirmière. Je ne suis pas aveugle, tu sais. Je n'ai rien contre, j'ai eu ton âge, et je dois dire que, sans me… Enfin. Mais que ça ne perturbe pas le travail, hein. Bon, qu'est-ce que tu fais, là?

Norbert change son casque de main. Il est le seul rôle de la pièce à n'avoir pas subi de modifications. Sauf qu'on ne le voit plus. Émile a décrété qu'un lit sur scène pendant une heure un quart, ça donnait sommeil au spectateur. Alors comme Norbert s'est mis à protester de son utilité, Émile a coupé la poire en deux: il resterait, mais il serait dans le noir, sauf quand Sandra s'occupe de lui. Il se sent gêné devant ce vieil homme qui a percé son secret. Il lui en veut, et en même temps il éprouve une sorte de soulagement à lui confier son sort. Émile les met en scène, tous les deux, et la discipline qu'il a fait régner dans la répétition d'hier a donné un poids incroyable aux gestes de Sandra. Jamais Norbert n'a eu l'impression de la posséder aussi fort.

— Je suis allé acheter un paquet de cigarettes, répond-il. Entre deux cours.

— Tu fumes ? Bravo. C'est bon pour la voix. Si tu veux continuer à faire du théâtre, mon petit vieux, tu ferais mieux d'arrêter. Tu as cours de quoi, maintenant ?

— Histoire.

— Bon, ce n'est pas important, je vais aux costumes de l'opéra, viens, tu m'emmènes. Ah, c'est vrai..., fait-il en regardant le casque.

Il hésite un moment, puis hausse les épaules. Après tout, ces engins, ça ne tue pas plus que la cigarette. Un peu saisi, Norbert lui explique que sa moto est toujours chez Honda, qu'il lui manque cent francs pour la récupérer.

— Et c'est où, ça, « chez Honda » ?

— En bas de la rue, là-bas.

— Eh bien allons-y. Ça m'évitera de te payer l'essence.

Émile règle la note tandis que Norbert sort sa moto sur le trottoir.

— Je prends celui-ci, fait-il au vendeur qui lui essaie des casques devant la glace.

Il rentre son portefeuille et rejoint Norbert qui l'aide à monter sur la selle.

— Et je me tiens où ?

Norbert regarde la figure renfrognée sous le casque œuf-de-Pâques, sans visière.

— Pourquoi vous n'avez pas pris un intégral? C'est plutôt pour les cyclos, ça.

— T'occupe. Allons-y. C'est à Bon-Voyage, tu connais?

Ils démarrent et Émile s'accroche au mort, les dents serrées. Norbert va très vite, penche en doublant, prend des risques. Il sent le vieux cramponné à sa taille et éprouve un plaisir bizarre. Émile glisse la tête vers la droite, reçoit la bourrasque en plein visage et se réfugie contre le blouson de cuir. Ils filent sur les quais du Paillon. Il rouvre les yeux au bout d'un moment, les maisons défilent entre les platanes, il décroche une main pour taper sur l'épaule de Norbert. Norbert met son clignotant dans un bip-bip étrange, la moto s'arrête sous un arbre. Émile descend, le cœur au bord des lèvres, et bombe le torse pendant que Norbert lui défait la courroie de son casque.

— Je ne suis pas allé trop vite?

Émile tire sur son pantalon de velours pour ramener les poches des genoux à leur place.

— Ils t'ont fait une bonne révision, ça va, tu es content? demande-t-il sèchement.

Ils sont devant une caserne. Émile passe le portail, une voiture d'incendie freine pour l'éviter, déclenche sa sirène. Il traverse la cour au milieu des pompiers, sans leur accorder un regard, se dirige vers de vieux entrepôts. Il sort un trousseau, ouvre un vantail, parle d'un éclairagiste qu'il a connu jadis et qui travaille maintenant à l'opéra. Autrefois ces bâtiments servaient de hangars à fourrage: l'opéra les partage avec les pompiers. Ils entrent dans une remise immense, où s'entassent des panneaux, des portants, des balcons, des forêts en carton, grimpent des escaliers de planches, traversent des greniers où sont accrochés les costumes, dans un ordre où l'histoire n'est pour rien.

— Don José dans *Carmen,* Marguerite dans *Faust,* Papageno dans *la Flûte enchantée,* annonce Émile au passage.

Il dit un peu n'importe quoi, mais il est dans son domaine et prend sa revanche sur le motard qui le suit, tout ballot. Le plancher craque sous leurs pieds. Ils ouvrent des malles, froissent des étoffes, arrachent des armes aux toiles d'araignées, les soupèsent.

— C'est incroyable ! peste Émile en soulevant un par un les heaumes alignés sur une étagère. Ils n'ont rien, ici. Il faut dire qu'un opéra sur la guerre de 14...

— Et ça ? demande Norbert qui essaie des harnais en cuir, on pourrait en faire des ceinturons, non ? Des cartouchières...

— C'est ça. Et après, quand ils joueront Wagner, on se croira chez Fidel Castro. Ce n'est pas à nous, mon vieux. Si on trouve, on emprunte, sinon on laisse.

— Mais tous ces machins, ça sert encore ?

— Évidemment, ça sert ! Il n'y a pas que la moto, dans la vie.

Norbert s'est assis sur une enclume, dépité. Émile entend dans sa tête le chœur des Bohémiens du *Trouvère,* et vient s'installer près de lui, dans le trône de la princesse Turandot. Au bout d'un moment, il pose une main sur son épaule.

— Allez, ne t'en fais pas, va... On se débrouillera autrement.

Norbert ne répond pas.

— Mais dis-moi, reprend Émile en forçant un peu la note, j'en apprends de belles ! Il paraît que tu es écrivain ! Si, si, c'est ton amie Sandra qui me l'a dit. C'est bien. Il faudra que tu me montres...

Alors brusquement, dans ce grenier poussiéreux, au milieu d'habits qui ne voient jamais le jour et d'épées qui ne coupent pas, Norbert lâche la bonde. Il raconte sa vie, pris d'une frénésie de tout dire, sa vie si lourde à porter où il ne se passe rien, enchaîne, sans finir ses phrases, les échecs aux espoirs, les peurs aux envies... Et Émile qui écoute a l'impression de rajeunir à chaque aveu, comme si les confessions de ce garçon qui n'a rien connu le soulageaient d'une vie trop remplie, dont il n'a plus que le souvenir

— Vous comprenez, quand je ne suis pas Johnny, avec elle, je suis paralysé... Je sais bien qu'elle ne voudra jamais sortir avec moi. Alors si vous pouviez... Aux répétitions...

Émile serre la tête d'un dragon sur le trône chinois. Il n'a pas eu d'enfant qu'on voit grandir, il n'a fait que diriger des comédiens, aimer une femme, regarder vieillir la sienne. A l'âge de Norbert, il gagnait sa vie dans les music-halls, payait son loyer, vivait comme il l'avait rêvé. La détresse de ce garçon qui ne sait par quel bout empoigner l'existence réveille sa gratitude. Il pensait avoir tiré le trait et grâce à Norbert, grâce aux autres, le trait s'est effacé en quatre jours. Il l'aidera. Il lui servira d'entremetteur en scène, quitte à passer de Beckett à Marivaux. Il le lui dit et Norbert hoche la tête.

Ils redescendent, bredouilles, emportant avec eux l'odeur de charpente et de moisi. Émile monte sur la selle et s'accroche, comme tout à l'heure, comme si rien ne s'était passé, comme s'il n'était toujours qu'un vieux sur une moto et l'autre un type de dix-sept ans.

Une petite jupe bleu ciel, un pull-over pistache moulant des épaules étriquées, un gros sac rempli de bandes magnétiques : Mme Tordo. Elle marche dans les couloirs, le front haut, les lèvres arquées, dévisageant les gens par-dessous ses lunettes, suivie d'un garçon d'honneur qui porte son magnétophone de classe en classe, comme le saint sacrement. Elle est bornée, méfiante et tyrannique. C'est un excellent professeur, comme on dit d'une fille : elle est très fraîche.

— Sit down, fait-elle en s'installant au bureau.

Elle presse les touches, appuie sur stop, revient en arrière, monte le volume, prend son pied dans le fil quand elle écrit au tableau. C'est ce qu'on appelle la méthode audio-visuelle. Sur le magnétophone il y a marqué TORDO, TORDO, TORDO, et sur la dernière face : Philips. Elle arrête la bande à chaque phrase et répète ce que vient de dire la voix, excédée par l'air inexpressif de ses classes. Le son n'est pas très bon, mais elle a décrété que c'étaient les élèves qui étaient mauvais. Question de rendement. Un élève, ça fait moins d'usage.

— He said : « Shall I go outside now ? » Et vous répondez : « No, I shan't ; before going outside, I'm to finish my exercise. » Vous avez deux structures : « before » et « I am to ». Il y a des questions ?

Frédéric lève le doigt et elle le désigne, sur ses gardes parce qu'il est délégué de la terminale 2.

— Madame, M. Charbonnel demande si vous pouvez nous laisser aller mercredi prochain en allemand, à huit heures. Il organise une discussion avec une déportée de Ravensbrück.

Tordo redresse la tête, piquée au vif. Ça recommence. Ce Charbonnel ne sait plus quoi inventer pour lui chiper ses élèves. Chaque fois qu'elle a une classe commune avec lui, c'est la même chose. Il invite des juifs, des réfugiés, des nazis, des touristes, tout ce qui lui tombe sous la main. Le moindre prétexte lui est bon pour ne pas faire le programme et fomenter des débats où les élèves jouent aux cartes, et après on s'étonne.

— J'ai un programme à finir, moi, aboie-t-elle en se penchant en avant. Trois heures par semaine, vous croyez que c'est beaucoup ? M. Charbonnel fait son cours comme il veut, il est libre de faire venir des déportés si ça lui plaît, mais moi aussi je suis libre de faire mon cours, jusqu'à preuve du contraire, et j'ai un programme à finir. C'est peut-être cette déportée qui va vous apprendre l'anglais ? Vous vous croyez si forts, vous croyez que vous aurez le bac comme ça, par l'opération du Saint-Esprit ?

— Il y a quand même des choses qu'on n'a pas le droit d'oublier, madame, répond Frédéric en soutenant son regard. Les millions de victimes exterminées dans les camps...

La classe vibre derrière lui, attentive à l'affrontement. Il s'acquitte de sa mission de délégué avec une indifférence rigide. Il n'a rien contre Tordo, qui est une aliénée comme une autre, somme toute il la méprise moins que le troupeau silencieux qui compte sur sa persuasion pour gratter une heure.

— Et en quoi ça me regarde ? explose Tordo. Je suis ici pour vous apprendre l'anglais, pas l'histoire ! C'est incroyable, à la fin !

Elle tape sur son bureau, elle est verte de rage. Elle, elle n'a pas de déportés à soumettre à la réflexion de ses élèves. Charbonnel en profite, c'est chaque fois pareil : quand il est langue 1 et elle langue 2, il joue au petit soldat, à l'expansionniste. Elle n'a rien contre les déportés, ils ont beaucoup souffert, mais chacun chez soi. Est-ce qu'elle va faire des conférences dans les casernes ? Ces professeurs de gauche sont une calamité : sous prétexte de rechercher le dialogue ils n'apprennent plus rien, font des pique-niques et les élèves ne jurent que par eux. Ce n'est pas tous les jours rose d'être une bête noire, mais la conscience professionnelle doit l'emporter sur le sentiment : Tordo ne connaît personne, se moque des problèmes de Pierre et Paul, et persiste à penser que pour le bac un magnétophone c'est plus utile qu'une déportée.

Frédéric ouvre la bouche pour continuer son plaidoyer, elle lui coupe la parole en appuyant sur le bouton. La voix s'élève, mâchonnant une phrase inaudible. Tordo arrête la bande.

— Shall I play tennis now ? traduit-elle. Bordemet.

Norbert se retourne d'une pièce vers le tableau. Il regardait Sandra assise au fond, les pieds sur une chaise, en train de dessiner. Elle n'a pas relevé les yeux depuis dix minutes. Le cours de Tordo est le seul où ils soient ensemble. Il s'installe à chaque fois ostensiblement au premier rang, sort une plaisanterie et Tordo l'envoie au fond. Alors il ramasse ses affaires en soufflant bruyamment, et va s'asseoir près de Sandra. Comme ça il ne donne pas l'impression d'être collant.

— Bordemet ! s'impatiente Tordo.

— God save the Queen, répond Norbert.

— Dehors !

Il reste la bouche ouverte, plie bagage et sort sans un mot. Tordo fronce les sourcils. D'habitude, quand on lui dit quelque chose, il proteste, il crâne. Elle hésite à le rappeler. Mais peut-être est-ce une tactique. Ils ont l'esprit si tortueux...

Sandra dessine des têtes sur son cahier. Elle est encore sous le coup de la dernière répétition. Elle s'était inscrite au club-théâtre à cause du bac, de la banalité fébrile qui grignotait son nuage. Les filles et les garçons changeaient autour d'elle, s'arrêtaient de vivre pour « donner le meilleur d'eux », et elle n'était pas sûre de résister jusqu'au bout. Alors elle s'était dit qu'une échéance chasserait l'autre. L'illusion avait fait long feu, au milieu de ces théâtreux qui avaient les yeux plus grands que les planches, tournaient en rond... Mais brusquement Émile est arrivé, changeant tout, coupant tout, ranimant l'ardeur, balayant les habitudes et le défaitisme, Émile est arrivé, et il n'y a plus de saisons.

Il leur a fait répéter la nouvelle version, hier après-midi.

On ne reconnaît plus rien. Les jeux de scène ont poussé dans la pièce comme l'herbe après l'orage. Sandra bouge tout le temps, monte à la corde pour sonner du clairon, saute d'un perchoir dans la bâche tendue par des pompiers, au cours d'une scène d'incendie qui remplace la mort du père. Forissac qui incarnait Jésus-Christ n'est plus que le franciscain de Bourges, demande à chaque bataille : « Vous n'avez pas vu ma guerre ? » Frédéric exécute une danse du médecin dans les tranchées, style Molière. Mireille bégaye dans le rôle de la mère, trébuche dans celui de l'institutrice, lâche tout ce qu'elle saisit dans celui du soldat, pour étoffer son registre et suppléer l'intérêt que les coupures ont enlevé à ses personnages. La partie de cartes entre le Christ et les soldats, sorte de Cène où chacun, visité par la grâce, racontait comment il allait mourir, est devenue un pastiche de la partie de *Marius,* avec du chewing-gum et l'accent américain. Nicole arrive comme un cheveu sur la soupe toutes les trois scènes, habillée en Oncle Sam, traverse le plateau en portant le petit fusil d'un soldat de plomb, puis une carabine en plastique, puis une Winchester à pétards, et ainsi de suite, annonçant : « A gun for Mister Jones. »

Tintin a passé son temps à demander si telle chose était bien dans l'esprit de la pièce, alors Émile lui répondait que c'était de l'absurde. Il a trouvé là le mot-clé, grâce auquel il ouvre dans le texte toutes les portes qu'il veut. Il suffit de faire passer la fantaisie pour du surréalisme.

Comme on dilue l'huile de ricin dans un verre d'orangeade pour l'administrer aux enfants, Émile a atténué l'horreur de la pièce en la truffant de gags — mais pour les enfants l'orangeade, même nature, garde ensuite le goût de l'huile de ricin. *Johnny got his gun,* de remède imbuvable, est peut-être en train de devenir un rafraîchissement gratuit qu'on pourra partager avec le public ; toujours est-il que la troupe y croit de plus en plus fort tout en découvrant le plaisir de jouer. Avec Émile tout devient possible, qu'il bondisse sur scène pour embrasser un acteur ou lui jette son texte à la tête, ses coups de gueule comme ses bravos attisent une foi qui brûle les obstacles. Les dix jours qui s'annoncent se sont vidés de leurs révisions ; après l'examen la troupe quittera le lycée, Émile l'emmènera en tournée dans toute la France, il a déjà écrit à une trentaine de théâtres — Sandra est à l'abri, protégée par la pièce, arche de Noé lancée contre les flots, et elle sourit à Tordo ivre de rage qui vient de lui demander pour la troisième fois : Shall I eat my cake now ?

— Est-ce que je vais manger mon gâteau maintenant ? hurle-t-elle en tambourinant sur son bureau.

Sandra hausse les sourcils.

— Comme vous voulez...

Tordo redresse la tête, la regarde en dessous, immobile, impérieuse, admirable. La cloche sonne.

— Salle 112, lance-t-elle à son porteur, et l'heureux élu disparaît avec le magnétophone.

Les élèves rangent leurs affaires. Habituée, Sandra est allée tendre à Tordo son carnet de correspondance. Tordo le feuillette, nerveusement, parcourant au passage ses œuvres complètes. Et encore, elle n'a donné qu'un aperçu de ce qu'elle pense. L'administration, malgré ses doléances répétées, n'accorde que six pages aux professeurs pour correspondre avec les familles. Comme Sandra est majeure, c'est elle qui signe les observations. Tordo ne veut pas le savoir. C'est pour le principe. Elle arrive à la dernière page et ouvre la bouche. Charbonnel a écrit toute une tartine, dix lignes au moins, il n'y a plus de place. Elle jette le carnet, tourne les talons.

Dans le couloir elle aperçoit Mmc Olivarès, accoudée à une fenêtre, et met le cap sur elle. C'est une grosse femme décoiffée, un peu sale. Sa combinaison dépasse de sa robe. Elle est prof de maths, mais elles ont le même syndicat.

— Vous avez parlé à Mlle Sbrintz ? attaque Tordo.

— Oui, répond Olivarès en se mouchant. On voit qu'elle en a gros sur le cœur, mais elle ne dit rien.

— Elle ne dit rien, elle ne dit rien ! Dix jours qu'elle s'est fait évincer, et apprendre ça par le jardinier ! Enfin on ne va tout de même pas les laisser faire ! Ça serait trop facile de se croiser les bras !

— Vous êtes sûre que c'est une manœuvre des parents d'élèves ?

— Évidemment. Ça crève les yeux. La fédération Martin et le SNIP. Bordemet a commencé par introduire son fils, et puis il a mis ce bonhomme, là, ce Mosca, pour remplacer Sbrintz. Parce que la gauche est au pouvoir, ils croient qu'ils vont prendre le contrôle du lycée. Ils préparent quelque chose, avec leur foyer, ils en font une force de subversion à l'intérieur du lycée, de propagande ! C'est pour ça qu'ils ont évincé Sbrintz.

— Mais... dans un mois c'est les vacances, proteste gentiment Olivarès.

— Justement ! Ils en profitent pour mettre en place ! Entre les présidentielles et les législatives !

— Mais qu'est-ce que c'est, exactement, cette pièce ?

— C'est une pièce sur la guerre. Contre la guerre. La guerre du côté américain, naturellement. Sbrintz prétend que c'est « humanitaire ». Humanitaire d'un seul côté, oui ! Elle est peut-être compétente dans sa partie, mais elle n'y voit pas plus loin que le bout de son nez. Ils se sont servis d'elle pour avoir les crédits, et quand elle s'en est rendu compte, il était trop tard. Elle croyait mettre en scène, la pauvre, et c'est elle qui était manipulée.

En fait, Mlle Sbrintz a simplement quitté le club-théâtre parce qu'elle pensait que la pièce ne marcherait pas. On s'écrie qu'elle a voulu sauver son honneur, alors qu'elle a repris ses billes. Elle ne dit rien, laisse faire, adopte une réserve prudente. On pense qu'elle fait la gueule et on cite en exemple son infortune, aggravée par son air digne.

Tordo pianote sur l'appui de la fenêtre.

— Qu'est-ce que vous comptez faire ? demande Olivarès, impressionnée par ce petit bout de femme qui traite les élèves comme des numéros, des notes de zéro à vingt, et qui connaît tous les dessous de la politique syndicale. Vous avez parlé à la directrice ?

— Qu'est-ce que vous voulez qu'elle fasse, la directrice ? Elle ne va pas prendre position contre la gauche, en ce moment. Non, je vous le dis, ils profitent de la situation, de l'incertitude, pour s'infiltrer partout. On connaît le processus. Ça commence par les matchs de foot, les élèves et les professeurs dans la même équipe, et puis ça continue par le foyer, on se ligue contre les professeurs sérieux, et alors il n'y a plus rien, plus de barrière, plus de hiérarchie, plus d'enseignement possible. Tous copains dans l'ignorance, dans l'anarchie ! Vous verrez le jour où ils se mettront en grève, quand on leur mettra des mauvaises notes ! Ils nous accuseront de je ne sais quoi, de vengeance politique !

Olivarès songe que c'est peut-être aussi un peu de leur faute. Si elles avaient montré de l'intérêt pour les élèves en dehors des cours, comme Sbrintz, si elles avaient pris sur leur temps pour animer des activités du foyer, on n'en serait pas là. Elle tripote son mouchoir, perdue dans des visions confuses d'autogestion. Tout ce qu'elle sait, elle, c'est démontrer des théorèmes, tracer des courbes, extraire des racines carrées... Elle ne va tout de même pas se mettre à faire du football, à son âge, ou jouer la comédie, pour pouvoir continuer à enseigner les maths...

— Et Mlle Granier ? demande-t-elle. Qu'est-ce qu'elle en pense ?

— Elle est allée voir le jardinier.

Devant la porte de Carême, il y a toujours une ou deux charognes. Mlle Granier pince le nez et toque deux fois. Carême ouvre, se baisse pour ramasser le cadavre du lézard, regarde furtivement autour de lui et le jette dans un massif.

— C'est un chat que je nourris, explique-t-il. En échange, il m'amène des choses qu'il attrape. Quand il est là, je fais semblant que je mange, en disant miam-miam. Il est content. J'y donne du lait, et il m'apporte un lézard. Si j'y donne de la brioche, il m'apporte un mulot. C'est comme le potlatch, finalement... C'est le vrai potlatch.

Mlle Granier approuve, pressée d'en venir au but de sa visite.

— Le potlatch », croit bon de préciser Carême parce que tout le monde n'est pas forcé d'avoir lu, surtout celui qui fait de la politique, « le potlatch c'est une coutume des tribus primitives, en Amérique. Les chefs se font des cadeaux, comme ça, de plus en plus gros, ça n'en finit jamais. Quand y'en a un qui n'arrive pas à rendre le cadeau, ou qui le fait plus petit, alors c'est la guerre.

Il la laisse méditer un instant.

— C'est des sauvages, quoi, explique-t-il avec un petit haussement d'épaules. Maintenant, le chat, si vous voulez, je peux le chasser.

Granier secoue la tête, impatientée, glisse les mains dans les poches de son survêtement. Il la fait entrer.

— Quelle chaleur, remarque-t-elle.

— Je cuis, précise Carême.

Elle se retourne, surprise. Le gymnase est climatisé et il y a une sortie d'air chaud dans la chambre de Carême. Il y fait une température de serre mais il ne se plaint jamais, il loge ici par tolérance et Granier convoite depuis longtemps cette pièce pour y ranger ses ballons.

— Pour en revenir au chat, on a bien raison de dire que pour celui qui souffre, l'observation des animaux, c'est un divertissement. Je m'entends : pas le divertissement que vous sautez en l'air, non : le divertissement pour oublier...

— Pascalien, oui, coupe-t-elle excédée.

Carême la regarde avec amitié. Cette femme n'a pas un si mauvais fond.

— Sans la culture, on a beau dire, on se trouverait bien seul…

— Dites-moi, s'empresse Granier avant qu'il ne reparte dans ses considérations, je voulais vous demander… Vous avez entendu ces bruits qui courent, à propos de l'intendante ?

Carême marque un temps d'arrêt, le regard dans le vide. Un élan de douceur amène une phrase sur ses lèvres, et il ferme les yeux.

— « Vous avez momifié la tendresse si fraîche, si profonde, si absolue que j'avais pour vous. Vous avez été une sorte de gelée blanche : vous avez fait avorter des sentiments qui, épanouis, eussent pu donner des fruits admirables. »

Granier regarde l'heure.

— Henry de Montherlant, *les Jeunes Filles*, conclut Carême.

— Oui, mais pour en revenir à l'intendante…

Il hausse les épaules, se détourne.

— C'est fini, tout ça.

Il y a des larmes dans sa voix. L'autre insiste. Il répond que c'est un bobard qu'il a dit à Léglantin, mais ça n'a plus d'importance. Les idées se recoupent dans la tête de Granier. Si donc l'intendante présente tout de même sa démission, ça voudra dire que la directrice lâche le foyer. Elle regagne le terrain de basket, absorbée. Ses élèves sont assises sur les ballons. Elle donne deux coups de sifflet et elles se remettent à marquer des paniers.

Lorsqu'elle arrive dans le couloir de la salle des actes, à cinq heures, Tordo fond sur elle :

— Elle démissionne.

— Ce n'est pas vrai ?

— Si.

— Ce n'était pas vrai.

— Mais si, puisque je vous le dis !

— Non. Elle démissionne, d'accord, mais elle n'y pensait pas, c'est le jardinier qui a raconté ça à Léglantin, et c'est pour ça qu'elle démissionne.

Tordo frappe dans ses mains en regardant Olivarès.

— Je ne comprends pas très bien, murmure Olivarès.

— Mesdames, quand vous voudrez, appelle la directrice.

Tous les autres membres du conseil d'administration sont déjà assis dans la salle. La directrice ouvre la séance, donne lecture de la lettre où l'intendante annonce qu'elle se retire du foyer. Exclamations de surprise. M. Bordemet lève le doigt. La directrice lui passe la parole et il se met à plier des papiers. Au bout de quelques secondes, il déclare de sa voix lente :

— Je remarque, madame la directrice, qu'avec le départ de Mlle Sbrintz, et celui de madame l'intendante que nous venons d'apprendre, l'administration et certains professeurs montrent décidément le peu de prix qu'ils attachent aux activités de nos enfants.

— C'est un peu fort ! s'exclame Tordo. Après avoir accusé l'administration d'ingérence, vous l'accusez d'abandon ! Il faudrait savoir ce que vous voulez ! Et puis le départ de Mlle Sbrintz, parlons-en : comme par hasard, vous dénichez aussitôt un metteur en scène professionnel...

— Cela s'appelle l'ouverture du lycée sur la vie, coupe Bordemet en prenant à témoin les agents de service, qu'on ne peut taxer de partialité dans un débat qui ne les concerne en rien.

Les agents de service hochent la tête, polis. Ils suivent avec attention les paroles de Bordemet parce qu'ils ont peur qu'il fume. Absorbé par ses discours, il met de la cendre partout, et après c'est eux qui nettoient.

— Cela peut aussi s'appeler le foutoir, intervient le président des parents APEES. Parce qu'alors, dans votre foyer, vous n'avez qu'à faire venir un photographe pour animer le club-photo, un aviateur pour les maquettes d'avions et Platini pour le foot, et après qui est-ce qui paie, c'est encore les parents. Et on appelle ça les frais de scolarité...

Sourire instantané de Bordemet.

— ... et de scolarité ça n'en a que le nom, parce qu'où sont les professeurs? Ça, on se le demande. Le foyer ça sert à prolonger le cours, il me semble, pas à faire la foire!

Les deux collègues de sa fédération le tirent chacun par une manche. Ce président a eu la majorité à la dernière assemblée de parents parce qu'il a huit enfants, mais les subtilités de la politique lui échappent. Les délégués élèves et les professeurs le regardent de travers.

— J'ai consulté les statuts du foyer, indique la directrice. Rien n'interdit a priori au club-théâtre de s'assurer les services d'une personnalité extérieure, en revanche, en ce qui concerne la rémunération...

— M. Mosca a offert *bénévolement* ses services, souligne Bordemet.

Et il rappelle que la somme de 21 francs par élève, demandée aux familles pour couvrir les frais postaux, va à l'encontre de la gratuité de l'enseignement. La directrice riposte que si les parents prévenaient le lycée de l'absence de leurs enfants, il n'y aurait pas d'avis à leur envoyer. Bordemet lui demande ce qu'elle fait du reliquat des sommes perçues, lorsqu'elle n'a pas assez d'absences à faire payer aux parents. La directrice rappelle qu'elle le verse au compte de la caisse d'entraide, destinée aux élèves nécessiteux. Bordemet conclut que cette caisse est alimentée par les frais de scolarité. Il cite le cas de M. et Mme G., qui ont trois garçons et deux filles, et qui dans ces conditions versent à la caisse d'entraide la somme qu'elle leur alloue. Il ajoute que ce transfert de fonds est une opération illégale, puisque la cotisation à la caisse d'entraide est obligatoirement facultative. Et il signale que M. Mosca a offert de verser les gains de la tournée d'été du club-théâtre — tournée que seule une personnalité de son envergure pouvait organiser — à la caisse d'entraide. Voilà, conclut-il, un moyen de financement qui ne va pas à l'encontre de la gratuité de l'enseignement, mais qui met l'art au service de la solidarité, dans le prolongement même de cet enseignement. Et toc.

Il résiste au réflexe de se donner un coup de pouce sous le menton. La boucle est bouclée, le front Olivarès-Tordo-Granier sans voix, les élèves réjouis, les parents APEES approuvent, contrariés. M. Mosca n'a rien offert du tout, mais Bordemet ira le trouver. D'après les renseignements qu'il a soutirés à son fils, ce metteur en scène est quelqu'un d'énergique et de désintéressé qui ne dispose plus que de dix jours pour finir de monter la pièce. Il aura besoin de l'appui inconditionnel de l'administration et des professeurs, que la fédération Martin vient de lui apporter. Bordemet prend une longue inspiration en tapotant le sol avec ses chaussures de basket. Il y a des moments où il se sent fier d'être père.

Émile est entré dans la loge de Luce Audibert, à la Maison des jeunes. C'est une grande salle de danse éclairée au néon, tapissée de miroirs. Luce est toute seule à un pupitre, en train de se maquiller. Il est sept heures et demie et ses chanteurs sont allés manger un morceau à la cafétéria, en attendant l'heure du spectacle. Émile regarde un moment la vieille demoiselle toute mince au milieu de ses fards et de ses crèmes, habillée d'un pantalon noir et d'un tricot en lamé jaune. Elle se poudre d'une main tremblante. Il n'a pas trouvé de costumes satisfaisants, ni aux studios de la Victorine, ni chez Azur-Fêtes, nulle part. D'habitude il vient pour asticoter Luce, la déranger dans ses préparatifs, donner son avis sur tout, se rendre utile... Il s'invite, il s'impose. Aujourd'hui il hésite sur le seuil. Il est venu la chercher.

— Ah, te voilà! s'écrie-t-elle, furieuse. Je me disais bien, aussi, j'étais trop tranquille...

Sans lui laisser le temps d'entamer la querelle rituelle, il lui explique pourquoi il est là.

— Tu comprends, j'aurais besoin de toi pour la partie

musicale... Et puis, peut-être, un peu les costumes...

— Alors ça y est... Toi aussi, tu as ta troupe.

Ils sont émus, tous les deux, se regardent. Après le gala de ce soir, Luce n'a plus rien, jusqu'à la rentrée. Les vacances d'été sont toujours la période noire, dans sa vie : elle a peur de ne jamais revoir la scène. Ellc dit, en clignant beaucoup des paupières :

— Moi, tu sais, ce n'est pas que ça m'enchante, mais si vraiment ça doit te rendre service...

Son visage est lissé par la crème, les rides sont dans sa voix. Émile la laisse, s'excusant de ne pouvoir rester au spectacle, mais « tu sais ce que c'est, si je les lâche une minute... » Elle a hoché la tête.

Le lendemain, elle arrive au lycée, et s'installe dans la salle de l'internat. Dorénavant, elle passe ses journées à se déplacer de la machine à coudre au piano. Émile a été obligé d'ajouter une partie musicale à la pièce, mais Luce est une couturière hors pair. Elle a choisi les étoffes, et travaille, l'œil sur *le Costume et les Armes des soldats de tous les temps,* emprunté à la bibliothèque. Les uniformes semblent jaillir comme par magie des planches en couleurs. Elle compose des partitions martiales, mesure les acteurs, leur essaie les habits, puis les musiques de scène, retouche, les épingles dans la bouche, le crayon à l'oreille, de la pédale du Gaveau à la pédale de la vieille Singer. Elle contredit Émile en ronchonnant, intervient dans les répétitions. Émile aboie : « Couds et tais-toi. » Elle réplique, lui tient tête, piquant ses discours d'allusions perfides :

— Ce n'est pas parce qu'on a monté Beckett qu'on doit se prendre pour le bon Dieu...

Mais elle ne va jamais plus loin. Pour protéger son imposture, Émile a présenté Luce comme le premier prix du Conservatoire de Paris, ce qu'elle a toujours rêvé d'être. C'est donnant, donnant.

Se retrouver ensemble, à préparer le même spectacle, leur fait tout drôle. Ils sont deux amis d'enfance qui sentent venir le trouble entre eux, et qui s'engueulent par crainte de l'inconnu. Parfois, Frédéric ou Sandra descendent de scène pour les séparer. Les répétitions s'enchaînent, fébriles, faites d'angoisses et d'ivresse, de bonds en avant, de sauts en arrière. On aperçoit quelquefois Carême, par la fenêtre, à cheval sur une branche, la scie sous le bras, prenant des notes. Le censeur lui a dit de tailler les platanes, devant l'internat, il sait bien que c'est pour espionner les répétitions, mais ça ne l'intéresse plus. Il essaie de rassembler toute sa culture pour ouvrir son cœur à la directrice, lui demander dans une lettre les raisons de sa froideur. Il note à chaque instant des bouts de phrases, et puis Sandra lui adresse un signe depuis la scène, il rougit et déchire son papier.

Le soir, la troupe invite Émile et Luce. Ils se retrouvent dans le Vieux-Nice, mangent des crêpes dans une cave décorée de sombreros et de guirlandes d'ail. Luce gobe des œufs durs. Émile fait craquer un verre entre ses dents. Ils font assaut de souvenirs colorés, de péchés de jeunesse, de bêtises inavouables. C'est à qui prendra l'autre de vitesse pour paraître le moins vieux.

— L'été dernier, j'ai passé une semaine à l'hôtel de La Bollène. Il n'y avait que des croulants. Mais alors quand je dis des croulants, c'était le quatrième et le cinquième âge… Ils se traînaient de la chaise-longue à la télé, toute la journée… Moi j'allais marcher dans la montagne, j'avais emporté des vêtements un peu marrants, voyez, des petites choses décolletées, sans manches. Il fallait bien que je bronze… Alors un jour j'entends un vieux croûton qui dit à sa femme, en me voyant : « Celle-là, elle se croit à Saint-Tropez. » Alors moi je me suis retournée, j'ai fait un grand sourire, et j'ai dit : « Non monsieur, parce qu'à Saint-Tropez, y a rien du tout… »

— Tiens, en 37, enchaîne Émile, j'ai monté une pièce tchèque où les acteurs étaient à poil. C'était Adam et Ève qui reviennent, à la fin du monde. Un scandale… On s'est fait coffrer, Tzara et Breton se bagarraient dans les journaux… Il faut dire que pour avoir du monde, une fois de temps en temps, on jouait habillés. Les gens ne pouvaient pas savoir à l'avance, alors ils revenaient…

Luce continue d'avaler des œufs entiers pendant qu'il parle, pour détourner l'attention. Émile réclame des verres intacts.

— La croque à la russe ! Style Kessel !

— Et de huit, annonce Luce.

Les jeunes se sentent un peu vieux d'avoir dix-huit ans, le présent vague, l'avenir sombre. Alors, pour ne pas rester sur la faim de ces deux enragés qui gobent la vie et recrachent des souvenirs pilés par les éclats de rire, ils les emmènent dans une boîte, sur leur planète, les font danser. Luce oublie ses rhumatismes, agite les bras dans le fracas de la sono, se raccrochant à Émile. Émile jerke, pédale, swingue. Ils détraquent le rythme, les gens se marchent sur les pieds en les regardant, se font tomber, s'écartent de la piste. On leur met un slow, un projecteur vient les enfermer dans un cercle rose, les suit. Enlacés, ils se parlent à l'oreille, et Sandra donne un coup de coude à Norbert, qui ne sait pas danser et reste assis.

— Ça va, ton dos ? murmure Émile.

— Oui, mais va doucement, en tournant, j'ai de l'arthrose à la nuque.

— Moi, c'est le genou.

— Tu devrais essayer un machin qui s'appelle le Pérarthryl…

La troupe les a réunis enfin, tous les deux, leur donnant un prétexte qui efface la coquetterie de Luce et les remords d'Émile. Ils sont embarqués sur la même arche, et rebâtissent à leur gré les quarante ans où ils sont passés scrupuleusement l'un à côté de l'autre.

Le lycée est en effervescence : conseils de classe, derniers bacs blancs, premier tour des législatives… Depuis le jour où Émile a signé au père de Norbert un papier, où il s'engage à verser à des nécessiteux l'argent d'une tournée d'été qui n'existe que dans sa tête, les professeurs sont charmants. Émile est revenu de ses préjugés. Finalement, avec des promesses, tout s'arrange : l'ardeur de la troupe est stimulée, et les opposants deviennent des alliés. La directrice l'appelle « cher Monsieur Mosca », vient lui demander si tout va bien, si la salle lui convient, s'il n'a besoin de rien. Il a écrit aux théâtres où il est passé jadis, en tournée. Quarante-trois sont encore debout. On verra bien. Ce qui compte, d'ici là, c'est la générale du 19. Chaque professeur a reçu une invitation personnelle. Ceux qui ont pour élève un des acteurs ont été gratifiés d'une place supplémentaire, en échange de leur compréhension. Les membres de la troupe arrivent en retard aux cours, partent plus tôt, sèchent. Émile leur fait des mots d'excuse.

Il est chez lui, au lycée. Sandra lui a expliqué les syndicats, les alliances, les chapelles, il a assimilé aussitôt, ces histoires le réjouissent. On s'est habitué à lui, et quand il croise un professeur qu'il ne connaît pas, le dialogue est du genre :

— SNIP ?

— SNAP.

Il dérange tout le monde, enfile un couloir au hasard, ouvre les portes des classes, toujours pressé, demandant « C'est un cours d'anglais ? », jusqu'à ce qu'il ait trouvé la bonne salle, alors il va tendre son texte au professeur interrompu dans sa leçon, et lui demande comment se prononce tel mot.

— Bon, en anglais, d'accord, mais en américain, c'est ça aussi ? Vous êtes sûr ? Répétez encore une fois.

Le professeur s'exécute, avec beaucoup de bonne volonté. Émile ressort, et monte à l'étage de chimie demander comment on meurt de l'ypérite. Il a décidé qu'un des soldats serait gazé pour meubler un creux, mais les chimistes ne peuvent lui donner que des formules et des réactions qui ne lui servent à rien pour régler l'agonie. Il redescend, se rabat sur les cours d'histoire. Une dame saisie en plein pacte germano-soviétique indique vivement son père, retraité de la SNCF, gazé à Ypres. Il note l'adresse. Les élèves s'y mettent, ravis, proposent qui un voisin, qui un grand-père... Dépassée par l'ampleur du programme, la fuite des semaines et la lenteur de l'histoire, la prof fait les cent pas sur l'estrade, les mains dans le dos. Elle court après la guerre de 39, désespérément, les élèves commencent à manquer pour réviser chez eux, ses pertes sont lourdes, elle doute d'arriver à l'armistice, et voilà qu'on la ramène en 14. Avant de sortir Émile donne un coup d'œil au tableau, lui fait remarquer :

— Dites donc, vous n'êtes pas en avance. Les autres en sont aux conséquences.

Il dévale les escaliers, file chez la directrice, trouve le bureau vide. Il pirouette sur ses talons, repart vers l'aile nord, entre dans un conseil de classe :

— Une échelle, vous n'avez pas une échelle ?

On l'envoie chez le jardinier. Carême est assis sur une marche du gymnase, la casquette de côté, les yeux tristes, effeuillant une rose.

— *Rosarum, rosis, rosis...*, murmure-t-il à part lui.

Il regarde le petit homme trapu debout au milieu des pétales, qui le toise avec impatience.

— Une échelle ? Ça, j'ai, une échelle, oui. C'est un peu tout ce qui me reste, d'ailleurs... Voyez, l'homme qui souffre, au fond...

— Elle est où ?

Carême renonce à ouvrir son cœur et désigne l'internat, de sa rose effeuillée.

— Contre le mur de derrière. Je l'y ai mise, pour ce soir. Vous serez aimable de l'y remettre, après. On a beau dire : une échelle, c'est quand même une échelle. Remarquez, Jean Cocteau a pourtant bien raison...

Émile est déjà reparti. Carême pousse un long soupir et récite pour lui-même :

— « Un homme vraiment profond s'enfonce, il ne monte pas. »

Il finit de plumer sa rose, hochant la tête, se répétant à mi-voix la belle phrase qui donne un sens à sa douleur, l'inscrit dans le cours de son destin. L'homme seul qui n'a plus sa raison de vivre, se dit-il, il est encore quelqu'un s'il lui reste une raison de souffrir. Les fleurs qu'il n'arrose plus penchent la tête, dans le jardin, pour compatir à son mal.

Depuis que le club-théâtre est devenu une œuvre de bienfaisance, les professeurs du SDEUF et du SNOUP, qui ne peuvent plus décemment s'attaquer au foyer, font tout pour s'attirer les bonnes grâces d'Émile. On les voit tout le temps à l'internat, entre deux cours, offrant leurs encouragements, leur patronage. Le SNIP et les parents Martin se sont inquiétés de ces tentatives de récupération, mais Émile y a mis bon ordre. Pour ne pas être constamment dérangé par les bénévoles, il a distribué des pourboires aux pionnes de l'internat qu'il appelle des ouvreuses, afin qu'elles gardent l'entrée de la salle pendant les répétitions. Il pense tout le temps à la pièce. Maintenant, quand il dîne chez lui, ou qu'il habille son beau-frère, le matin, il est ailleurs, il est absent. A ses gestes quotidiens viennent se mêler les gestes qu'il essaie aux acteurs. Il casse tout. Il se tache. Il se réveille à cinq heures, tâtonnant dans sa tête, rassemblant les idées de la nuit, se précipite pour noter. Une fois sur deux, il rate la joue de Marie en lui faisant la bise et l'embrasse sur la bouche. Elle est émue. Il ne remarque pas. Elle se doute qu'il ne l'a pas fait exprès. Il a peur qu'elle essaie de le retenir. Elle sait qu'il n'est plus là.

Chaque matin elle demande, sans espoir, juste pour lui faire plaisir :

— Tu manges ici ?

Il trace un trait sur un plan, l'air soucieux, répond rapidement :

— Non, non.

— Bois ton café...

Il vide son bol sans regarder, se lève, plie ses papiers dans sa serviette.

— Ne m'attendez pas, précise-t-il.

Il l'embrasse sur le front et va passer sa veste, l'œil rivé sur sa montre.

— N'oublie pas ton casque, murmure-t-elle.

Deux coups de klaxon aigus retentissent tandis que la porte de l'appartement se referme. Marie va à la fenêtre, soulève lentement le rideau. Émile arrive dans la rue en attachant son casque, et monte sur la moto qui l'attend. Le motard démarre et ils disparaissent derrière l'église russe. Elle laisse retomber le rideau. Antoine est entré dans la cuisine, sans bruit, glissant dans ses pantoufles. Son nœud de cravate est de travers, ses bretelles tortillées, sa chemise à moitié boutonnée, il a une chaussette grise, l'autre bleue. Émile était pressé.

Marie l'aide à s'asseoir, arrange ses vêtements, lui donne un journal et des ciseaux. C'est le journal de ce matin, mais elle n'a pas le cœur à lire des nouvelles. Son frère étale les feuilles et commence à découper une page, en rond, la langue entre les dents.

Depuis qu'Émile n'est plus là, l'immeuble est tout triste. Les gens se regardent, désorientés. Ils ont perdu l'habitude de faire les courses et se font voler par les marchands. Les gosses vont à l'école en traînant les pieds. L'épagneul du troisième gauche tourne autour du salon, sans comprendre, va gratter à la porte d'entrée, aboie deux fois, et finit par aller pisser sur un tapis. Des voisins sont venus sonner, les premiers jours, croyant qu'Émile était malade. Marie répondait qu'il était au lycée.

— Non, écoute, Johnny, là, Christian, ce n'est pas bon, ça. Il ne faut pas que tu prennes Sandra dans tes bras, ça fait... Ça me gêne, quoi. Il faut qu'elle reste immatérielle, tu comprends, puisqu'il rêve, l'autre. Elle doit passer dans le rêve, sans que tu puisses l'attraper, et c'est comme ça qu'il découvre qu'il n'a plus de bras.

Christian obéit, avec une désinvolture apparente. Émile imagine Norbert frétillant sous son drap. Parfois, pour donner un peu de bonheur à ce brave garçon qui l'emmène partout, il lui vient des idées insensées qu'il enrobe de prétextes. Un soir, il dit à Sandra de se coucher à côté de lui, « pour voir ». Tête horrifiée de Tintin. On joue la scène du morse sous le drap.

— Bon, c'était juste un essai, concède Émile.

Tintin, l'adaptateur adapté, relit parfois son texte initial pendant les pauses, et se console en songeant que si on continue à le transformer, il pourra le remonter l'année prochaine sans que personne le reconnaisse.

Norbert sort des répétitions chancelant, l'esprit vide, incertain de la réalité. Il ne sent plus ses bras, marche en dehors de lui, à côté de ses jambes. Il lui arrive de passer cinq heures d'affilée dans le noir, avec la voix off de Christian et les mains de Sandra. Peu à peu, il s'est habitué à ces heures de néant comme à une drogue, et quand il revient sur terre, qu'il se retrouve au lycée, à moto, dans sa chambre, il n'est plus à sa place. Il rentre chez lui le moins souvent possible, prétextant les déplacements d'Émile.

— Très bien, approuve Bordemet avec chaleur. Je suis fier de toi, Norbert. Mais surtout, va doucement.

Norbert n'entend pas. Son père n'a plus de prise sur lui. La voix de Christian s'insinue chaque jour plus loin dans sa tête, c'est comme une transfusion de personnalité qui s'opère dans le noir : Norbert devient ce garçon beau, sûr de lui et sans failles, qui possède Sandra. Mais dès qu'il reprend pied dans la vie, l'illusion s'estompe et il redevient lui-même, tandis que Christian se réincarne pour lui voler Sandra. De plus en plus, il éprouve de la peine à s'exprimer, il ne fait pas attention à ce qu'on lui dit, son regard ne s'arrête plus aux choses, les gestes courants lui deviennent étrangers.

Sandra elle aussi est envoûtée par la pièce, chaque jour davantage. Elle attend derrière le décor, dans l'étroite ruelle barrée par les portants, le moment d'entrer en scène. Les yeux fermés, les doigts crispés sur un montant, elle suit chaque mot, chaque déplacement de l'autre côté de la cloison. Christian avance derrière elle, enjambe les planches, les yeux fixés sur son corps à contre-jour. Ils sont seuls en coulisses. Il pose les mains sur ses hanches et elle tressaille à peine. Les mains la caressent. Sa respiration devient plus courte, elle se retourne vers Christian et lui passe les bras autour du cou. Il la serre de toutes ses forces, le visage dans ses cheveux, prend sa bouche. Émile a arrêté la scène et fait reprendre au début. Les ongles plantés dans la nuque de Christian, Sandra s'abandonne à ses lèvres, à l'odeur de sciure chaude, au texte qui tourne dans sa tête, à la tension qu'elle sent de l'autre côté du décor. Les panneaux de contre-plaqué tremblent sous leurs mouvements, elle mord ses lèvres pour ne pas crier.

— En scène ! commande Émile.

Elle repousse Christian, reboutonne sa blouse, le regard chaviré. Il lui prend le poignet, veut la retenir. Elle se dégage, murmure :

— Tu sais, ce n'est pas toi...

Et elle tourne le coin de la ruelle, saute en scène.

— Je ne comprends pas ce qui m'arrive, confie-t-elle à Carême. Tu ne peux pas savoir, ce type, il a un de ces pouvoirs... La pièce, c'est comme quelque chose de vivant, qui a besoin de nous... Tu comprends ? On y croit, et on est complètement ensemble, pour que ça vive. A la fois je n'en reviens pas que quelque chose me passionne à ce point, et puis ça me fait peur. Tu te rends compte que j'ai mal, quand je joue mal, quand les autres jouent mal ? Quand quelqu'un rate une réplique, c'est comme si je recevais une gifle.

Carême acquiesce, amer. Ça n'arrange rien. Il a noté le tutoiement, mais il sent bien que ce n'est pas lui qui le provoque. Sandra puise son trouble dans ce Mosca, comme il puise sa douleur dans la directrice. Il reste un moment silencieux, songeant à cet aspect des choses. Le parallèle de leurs deux situations lui suggère des réflexions qu'il n'ose pas formuler. Il se contente de la tutoyer à son tour.

— Tu vois, j'en suis venu à rêver que toutes les mauvaises herbes, elles poussent en une nuit, et les ronces, et les orties, et qu'elles étouffent le lycée, que les racines font craquer les murs et que tout disparaît sous les feuilles. Que c'est plus rien, tu vois, plus rien que le lycée de la Belle-au-bois-dormant.

Il regarde dans le vide. Sandra suit son regard et sourit.

— C'est vrai. Ce qui serait bien, c'est que tout s'arrête, qu'il n'y ait plus rien, plus de bac, plus d'avenir... Tu te rends compte, on sortirait de la pièce, un jour, et il n'y aurait plus rien...

Carême fait claquer sa langue. Il va pour lui dire que les études, c'est quand même le plus important, et il s'aperçoit qu'il ne le pense plus. C'est vrai, de savoir des choses, ça aide quand on souffre, mais celui qui ne sait rien, il a moins l'idée de souffrir. Carême revoit avec émotion le temps où il était à Chambéry, sacristain, préparant les messes et priant devant les statues, et puis après, de ferme en ferme, suivant sa route, quand il était un idiot qui ne pensait qu'à manger. Eh bien au moins, il mangeait. Tandis que la culture, plus on va loin, moins on y voit. C'est un mirage.

— Tu ne vas pas bien ? demande Sandra.

Carême avale, passe la langue sur ses lèvres sèches. Les études ont bouleversé sa vie, l'ont trompé, ont repoussé la directrice d'un livre à l'autre, et maintenant il ne croit plus aux mirages. Une grande rancune l'envahit, qui s'apaise aussitôt. Il regarde les ronces grandir dans les jardins, masquer les fenêtres, et puis les classes devenir comme des serres dans un souffle d'air chaud, un vent de terre qui fait pousser les plantes. Les tiges s'entortillent autour des tables, grimpent le long des tableaux noirs, se pendent aux lampes, se glissent par les portes ouvertes. Des lianes tombent dans la cage d'escalier. La rampe se recouvre de lierre. Dans les cendriers, de petites feuilles de tabac se déplient, les mégots germent.

Sandra remonte vers l'internat. Elle voulait faire partager à Carême son exaltation ou alors comploter, avec lui, comme d'habitude ; tout embrouiller pour oublier... Mais Carême a changé, et elle aussi. Enfance sans revers, bonheurs sans regrets, tristesses apprivoisées — pour la première fois quelque chose dans sa vie la dépasse. Et les plantes continuent de pousser dans la tête de Carême, l'ombre des branches couvrant les murs de fissures.

Malgré sa bonne volonté et ses huit heures de travail par jour, Luce n'a pu faire sortir de la vieille machine à coudre un fusil, une grenade ou un casque, et c'est la course aux armements. Pris par le temps, Émile est maintenant disposé à accepter du matériel français, mais exige du 14-18. Les acteurs épaulent des tuyaux, dégoupillent des pommes. C'est alors que Trastour est arrivé.

Sanguin, tonitruant, taillé comme Sa Majesté Carnaval, une crête de cheveux frisés, des costumes sans formes, la cravate ficelle, les lunettes tordues depuis le mois de janvier où il s'est assis dessus, Trastour est le Père Ubu du folklore niçois. Professeur de provençal et de nissart, gros mangeur de Parisiens qu'il appelle des Pointus, il affecte de ne parler qu'en dialecte pendant les conseils de classe. Aussi se passe-t-on de ses avis. Il apporte un journal qu'il déplie et parcourt pendant que les autres délibèrent. Le matin, il entre dans la salle des professeurs en beuglant : « Aloura, couquin de bouosc ! » Les têtes se détournent sur le passage de cet épouvantail ambulant, les dames prennent un air absorbé pour parler entre elles, il fait son tour de piste et repart dans un silence glacial. En lutte ouverte contre l'administration représentant l'État français, il est rejeté par les syndicats, n'ayant pu le récupérer, haï par ses collègues, honni par les parents. On essaie de le déplacer depuis des années, mais il a choisi ce lycée parce qu'il n'est pas loin de chez lui, et s'y trouve très bien. Pour ce qui est de ses cours, il pratique une méthode qui s'appelle l'abrutissement. Il ne traduit jamais un mot et parle tout seul, sautant du provençal au nissart selon sa fantaisie, pendant que les élèves recopient leurs devoirs de maths. Personne ne choisit le provençal au bac et ses cours se dépeuplent à partir du mois de mars. Quand il n'a plus que deux ou trois élèves de seconde, il les laisse jouer aux cartes et glisse mollement dans une sieste entrecoupée de renvois d'ail.

En réalité Trastour est une sommité internationale, un bourreau de travail agrégé de quatre langues, qui a passé sa vie à traduire des auteurs et faire des conférences, en a eu assez du monde et s'est retiré dans son pays. Il a retapé la vieille bastide de son père, sur la colline de Saint-Pancrace, joue à la pétanque, fait son vin, pêche au lamparo et prépare les aillolis les plus redoutés de la circonscription. A chaque période électorale, il assomme pour deux jours les candidats qui viennent lui faire leur cour afin de rallier les suffrages autonomistes. Il les sert et les ressert sous sa tonnelle, les bourrant de tapes amicales, versant dans leurs verres le vin qu'il fabrique à partir de raisin-framboise, raisin d'ailleurs interdit qui a la réputation de rendre fou. Ensuite le candidat s'endort dans les meetings et le soir du scrutin, place Arson, Trastour et ses amis qui ne votent jamais trinquent à la santé du perdant.

Les remous suscités par le club-théâtre sont venus jusqu'à lui. Intéressé par tout ce qui peut mettre la pagaille au lycée, il est monté un après-midi à l'internat. Balayant les pionnes qui essayaient de lui barrer le chemin, il est entré en s'écriant :

— J'ai un camion.

Émile s'est retourné, Luce a fait une fausse note, Sandra a lâché son drapeau entre deux moulinets. Elle chantait *I'm singin' in the war* au milieu des blessés. Des confettis de lumière bleue neigent sur le champ de bataille. Trastour part d'un rire énorme devant leur air inquiet.

— Permetès que mi presènti. Trastour. Les élèves me connaissent. Oui, je disais, j'ai un camion, chez moi, qui roule encore. Il était à mon père, quand il faisait les marchés.

Émile le toise depuis sa place, la lèvre en avant.

— Et alors ?

— 'Acra petan ! barrit-il. Pour la tournée ! Vous en avez un, de camion ?

Émile revient aussitôt sur terre et accorde à la troupe une minute de pause. Il s'approche de Trastour, qui se tient les épaules en arrière, mains sur les hanches, la chemise sortie du pantalon.

— Vous pourriez nous le prêter ? demande-t-il prudemment.

— Té ! Si je suis venu, c'est pas pour dire : j'ai un beau camion, et puis bonsoir.

Émile détaille attentivement la carrure du bonhomme, ses mains grandes comme des battoirs, sa mise débraillée. Il le prend pour un manutentionnaire.

— C'est très aimable de votre part… Seulement, nous ne sommes pas très riches.

Trastour envoie de la main ce détail par-dessus son épaule. Sandra passe derrière Émile et lui chuchote :

— C'est un prof.

— Ah bon. Mais oui, ce serait avec plaisir..

Trastour l'attrape par le bras et fait quelques pas avec lui. Il lui explique qu'il est intéressé par le théâtre, mais ce qu'il aimerait bien, lui, c'est qu'on monte une pièce de Francis Gag.

— Vous connaissez ?

— Bien sûr, fait Émile.

Beckett, Francis Gag, il n'est plus à ça près.

— C'est le plus grand auteur de théâtre de chez nous, a repris Trastour avec force. Et quand je dis « de chez nous », croyez bien que ça va plus loin. Il faudrait que vous montiez *Lou sartre Matafieu*. C'est un régal.

Émile évalue à nouveau son gabarit de machiniste.

— Et personnellement, vous avez des projets, pour cet été ?

— Pourquoi ? demande l'autre en souriant de sa grande bouche.

Émile s'arrête, lui prend le bras à son tour.

— Vous nous emmenez en tournée avec votre camion, et nous en échange, l'an prochain, on monte votre pièce.

Le visage de Trastour s'éclaire. Émile se dit qu'il est allé un peu vite, mais tant pis, la troupe n'aura qu'à apprendre le niçois, déjà beau s'ils ont un camion. Il fait part de la bonne nouvelle et les acteurs se pressent autour de Trastour.

— Vous n'auriez pas des armes, aussi ? demande Sandra. On n'arrive pas à en trouver...

Il résout la question d'un geste auguste.

— Aucun problème. Venez demain matin chez moi, vers trois heures. Les plus balès. Toi, le malade, et le blond, là, et puis Tintin — tu connais le chemin. Allez, je vous laisse. Ai ben l'ounour.

Et il s'en va, refermant la porte d'un grand coup qui ébranle les vitres.

— Il est trop, celui-là, dit quelqu'un.

— Trop quoi ? demande Émile.

Sandra glisse la main sous son bras :

— Celui-ci, il n'est pas mal non plus...

Touché, Émile tapote les doigts posés sur sa manche, puis frappe dans ses mains, renvoyant tout le monde en scène.

— Parce que ce n'est pas un camion qui va la faire passer, votre pièce ! Christian, si je te reprends à être aussi mauvais, je te file par la fenêtre. 'Acra petan ! comme dirait l'autre.

Le lendemain matin, à trois heures, Norbert et Christian arrêtent leurs motos à Saint-Pancrace. Tintin monté derrière Norbert met pied à terre, va pousser prudemment le portail entrebâillé. Connaissant Trastour, cette heure matinale ne lui dit rien de bon. Une vieille R8 est garée devant la bastide, capot ouvert, un grand canot pneumatique attaché sur le toit. Trastour sort de chez lui, un sac de ciment dans les mains.

— C'est pour quoi faire ? s'inquiète Tintin.

— Oh rien, c'est pour la suspension.

Il jette le sac dans le coffre, abaisse le capot.

— Quand j'ai des passagers, je préfère. Avec le moteur à l'arrière, j'ai la direction qui flotte.

Il s'installe au volant.

— Où on va?

— Lou veiras bèn.

Christian et Norbert se glissent à l'arrière, déplaçant une pelle coincée en travers. Trastour attrape une tartine posée sur le tableau de bord, l'engloutit bruyamment en se frottant les mains. Puis il fait circuler un thermos de café et démarre.

— On ne prend pas le camion parce que la route, là-bas…

La R8 descend la colline, file vers la plaine du Var, remonte en direction de Castagniers. Trastour a sorti un bout de fougasse de la boîte à gants, et chantonne en mâchant *Tutu panpan Felibri galejade*. En effet la route devient de plus en plus étroite, au fil des lacets. Des trous à demi rebouchés ont semé la chaussée de gravillons. Le précipice, tantôt à droite, tantôt à gauche, des murets symboliques. Ils s'engagent sur un chemin de pierres, descendent au fond d'un ravin où la voiture s'arrête. Trastour sort, s'enfonce dans la verdure et, en s'aidant du manche de la pelle, dégage l'entrée d'une grotte où il pénètre à quatre pattes. Au fond de la galerie, il se redresse, repousse un tas de branchages et se met à creuser. Quelques secondes plus tard, il amène dans la lumière des torches un fusil-mitrailleur.

— Le maquis, précise-t-il.

Il sort les fusils, un à un, les tend à Christian qui

les passe à Norbert. Tintin les appuie contre la paroi.

— Mais… c'est pas cette guerre-là…

— Troun de l'èr ! Attends un peu… Il y a des souvenirs de mon père, aussi.

Les grenades passent de main en main, puis des capotes, des bandes molletières, divers casques, des fusils entourés de chiffons, des baïonnettes.

— Vous voulez les munitions ? demande Trastour à plat ventre, le bras dans le trou.

— Non, non, merci, fait Tintin qui ne se sent pas du tout dans son assiette. Vous… êtes sûr que ce n'est pas dangereux ?

— Vous n'allez pas vous tirer dessus, non ? Bon, repassez-moi ce que vous ne prenez pas. Que ça peut encore resservir, ces trucs…

Les armes de 39 font le chemin à l'envers, de Tintin à Trastour qui les couche soigneusement au fond du trou, replace les branchages.

— Bon. Quelle heure il est ?

— Quatre heures moins vingt.

Ils ressortent, se brossent dans les fougères. Le ciel s'est éclairci, des oiseaux chantent. Ils chargent les armes dans le canot pneumatique, sur le toit, Trastour fixe une bâche avec des Sandows, remonte au volant, donne un coup de coude à Tintin.

— Ho, pichoun !

Et il lui tend un morceau de fougasse pour le requinquer. La voiture redescend, lentement. Dans les virages les fusils s'entrechoquent contre les boudins du canot. Personne ne desserre les dents pendant six kilomètres.

— On les laisse chez vous ? demande Christian.

— Non, non, on ne va pas faire trente-six fois le voyage. On les porte au lycée.

A quatre heures dix, la R8 s'arrête devant la grille de l'internat. Tintin l'escalade, et Christian lui passe les armes entre les barreaux, tandis que Norbert fait le guet. Trastour, campé en arrière, lance avec adresse les casques qui retombent de l'autre côté dans un massif de genêts, avec un bruit négligeable. Une interne qui rentrait au bercail s'arrête pour regarder la scène, interdite. Tintin met le doigt sur sa bouche. On aide Trastour à franchir la grille, et la fille remonte vers l'internat, se retournant plusieurs fois. Le détachement progresse en silence dans les jardins brillants de rosée, s'arrête derrière le gymnase. Trastour toque à une petite porte.

— Qu'est-ce que c'est ? demande Carême.

— Trastour.

Le jardinier donne un tour de clé.

— C'est inutile d'insister, je n'ouvre pas. C'est fini, j'ai dit, le temps que j'espionnais. Oh, on m'a pris pour un imbécile parce que j'avais lu, mais maintenant, terminé. L'homme qui revient en arrière, ce n'est pas un homme.

— On a quelque chose à cacher », intervient Christian, et il ajoute : « C'est Sandra qui nous envoie.

Les autres le regardent. La clé tourne à nouveau, la porte s'ouvre. Carême est tout habillé, sans sa casquette, et les cheveux noirs qui se dressent sur sa tête ont quelque chose d'insolite.

— Aloura, Caremo !

Carême s'efface contre le mur. Il n'a plus de rancune

pour ce gros homme qui n'a jamais réussi à lui apprendre le niçois. Quelle importance, à présent? Ses origines savoyardes, les liens historiques entre Nice et son pays, tout ça c'est du passé.

— Aloura, répond-il en prononçant à la française.

Les garçons glissent les fusils sous le lit, accrochent les casques au portemanteau.

— On les prendra demain, dit Trastour. C'est pour le théâtre.

— Je sais bien, répond Carême qui est resté sur le pas de la porte.

Comme il ne paraît plus avoir envie de parler, ils se retirent en le remerciant. Carême retient Christian par le bras.

— J'y avais mis l'échelle, ce soir, dit-il simplement, et elle est pas venue.

Christian qui est au courant de toutes les fréquentations de Sandra hoche la tête.

— Pourquoi elle est pas venue? dit doucement Carême, comme pour lui-même. On était convenus du rendez-vous...

— On a répété toute la journée, réplique Christian, sec. Elle devait être fatiguée. Elle a préféré dormir.

— Moi, dormir, je ne peux plus, fait Carême en baissant la tête. Pourquoi elle est pas venue?

Il relève vers lui ses yeux de chien triste:

— Tu sais, moi, je ne me fais pas d'illusions. Mais vraiment, c'est la fille qui est bien, et gentille, et puis qui est belle, aussi, hein? Et puis qui comprend les choses...

Agacé, Christian le plante là et Carême verrouille derrière lui, avec l'impression de refermer à double tour son cœur qui n'intéresse personne.

— Quelle heure il est ? demande Christian.

— Quatre heures vingt.

Silence. Il regarde autour de lui.

— Où est Bordemet ?

Les autres ne savent pas. Trastour bâille à se décrocher la mâchoire, s'étire.

— Petan ! Je ne suis plus habitué, moi...

Il retourne vers la grille. Tintin lui emboîte le pas, cherchant Norbert. Christian hésite, soupçonneux, hausse les épaules et les suit.

Norbert a contourné l'internat, sur la pointe des pieds. La fille qui avait franchi la grille en même temps qu'eux est en train d'enjamber la croisée, en haut de l'échelle de Carême. Il attend un instant puis approche, essayant de ne pas faire crisser le gravier. Il enfouit le nez dans ses mains, ferme les yeux un moment, immobile, pour se donner du courage. Il agrippe les montants et se hisse, barreau après barreau, mordant ses lèvres. A son tour il enjambe la fenêtre, et se retrouve dans une étude éclairée par les lueurs de l'aube. Classeurs sur les tables, vêtements abandonnés... Il marche dans les couloirs, retenant son souffle, étouffant ses pas, monte un escalier. Il essaie de se repérer, tourne à gauche. Le dortoir 2. Il s'est renseigné, hier, auprès d'une interne de sa classe. Il avance entre les rideaux, dans la lumière pâle des veilleuses. Douzième droite, douzième droite... Il s'arrête. Rien, pas un bruit. Il ne tremble pas. Il écarte le rideau, doucement, pénètre à l'intérieur des murs de toile. La clarté d'un lampadaire de façade passe entre les lattes du volet. Sandra est allongée, le drap chiffonné sous elle, dans une chemise qui s'arrête à mi-cuisses. Une de ses jambes est repliée. Sa poitrine se soulève et il regarde ses seins, à travers l'étoffe, rayés de lumière. Il s'approche, les tempes serrées. Il se penche au-dessus d'elle, cherche son odeur, avance une main. Lentement, il imagine qu'il la frôle, la caresse, guettant les réactions dans son sommeil. Les doigts se retireraient, se reposeraient, suivraient le contour d'un sein, descendraient vers le pli de l'aine. Alors elle murmurerait, un sourire se dessinerait sur ses lèvres, elle ouvrirait les yeux… Il se glisse entre les pans du rideau et repart, la tête basse.

A présent, quand il n'a rien d'autre à faire, Trastour monte assister aux répétitions. Il a la spécialité d'arriver dans les moments dramatiques, par exemple lorsque Frédéric, debout près du lit, décharné, immobile, ciseaux à la main, réalise que Johnny-couché a encore toute sa tête.

— Que squirinchou! s'exclame Trastour dans le silence.

— Chut, réplique Émile.

Alors il se rabat sur Luce, qui trie des partitions à son piano. Luce adore cet homme des bois qui vient l'importuner dans son jargon. Elle joue les préoccupées, les distraites, sourit dans le vague à des pensées mystérieuses. Il lui envoie des bourrades qui la font trébucher, lance de retentissants:

— Aloura, Tanta Vitourina!

— Mais pourquoi il m'appelle comme ça? se plaint-elle.

Comme il parle niçois, elle s'adresse toujours à lui à la troisième personne. Trastour rejoint son établi, et scie des planches pendant les pauses. Pour ne pas l'avoir tout le temps dans les pattes, Émile a dû rajouter des éléments de décor qu'il lui fait construire. Le plateau change d'un jour à l'autre. Les acteurs enjambent.

Seul à posséder une voiture, Trastour fait la navette. Le matin il va chercher Luce, qui s'ingénie à le faire attendre. Elle habite une bonbonnière rose et crème, minuscule, l'installe au milieu de ses photos tandis qu'elle finit de se poudrer. Trastour circule de cadre en cadre, les mains dans le dos, rentrant son ventre.

— Que bella frèma.

— Ah non ! Vous avez promis de parler français.

— Je disais : vous étiez un joli morceau.

— Un quoi ? demande-t-elle, ingénue, passant la tête à la porte de la salle de bains.

Il la regarde.

— Una bella frèma.

Elle rosit, baisse les yeux, joue avec son collier. Habituée aux effusions des loges, elle est troublée par ce grand balourd dont le compliment franchit sans ciller les quarante ans de la photo. Elle le fait asseoir dans l'unique fauteuil de la pièce, une sorte de voltaire rustique aux dessins rococo, retourne dans la salle de bains.

— C'est mon père qui l'a fabriqué, ce fauteuil. Oui. Oh, ce n'était pas son métier… Il était baryton à l'Opéra de Paris. Il m'emmenait dans les répétitions quand j'étais toute petite, et puis ensuite on allait se promener dans les souterrains, il me racontait les histoires du fantôme… Jules Audibert. Ah, ç'a été quelqu'un… Et je vous dis : il faisait tout, il avait des mains d'or…

Pendant ce temps Trastour s'écroule dans le fauteuil, se relève, le ramasse.

— Et il a placé la voix à des centaines de chanteurs... Je vous parle des grands, pas ceux d'aujourd'hui, qui poussent des cris, c'est tout ce qu'ils savent faire. D'abord ils ne veulent plus être gros. Regardez la Callas... Non, ça, c'était une autre époque...

Du poing Trastour renfonce le pied qui s'est déboîté, redresse celui qui s'est cassé, repose délicatement le tout et passe dans la cuisine. Elle lui sert un picon-bière et des gâteaux mous.

— Aloura, sies pas?... Alors, vous ne vous êtes pas mariée?

Elle agite ses bracelets, rassurante.

— Oh, ce ne sont pas les occasions qui m'ont manqué...

Elle porte son verre à ses lèvres. Sa main tremble un peu, mais on peut croire que c'est l'âge. C'est une des rares coquetteries que permet la vieillesse.

— Et vous?

Il enfourne une poignée de macarons.

— Moi si.

Elle repose son verre, en s'efforçant de garder l'air détaché. Il mâche la bouche ouverte.

— Ce sont les occasions qui m'ont manqué.

Sa main s'abat sur la table.

— Alors, on y va?

Luce a sursauté, il est déjà debout, remonte son pantalon, rejetant le corps en arrière. Il marche vers le vestibule, son coude bouscule une potiche.

— Attention !

Il la rattrape au vol, fait tomber un bibelot qu'il ramasse. Luce le pousse précautionneusement sur le palier, redressant les souvenirs derrière lui, recollant une affiche, replaçant des cadres. C'est un brave homme, mais vraiment il est trop gros. Il ne rentre pas dans sa vie.

Émile est aux cent coups. Les armes sont rutilantes, les costumes fin prêts, les acteurs exaltés, la pièce a pris corps, et il ne sait pas où la faire jouer. Bon, la générale ici, vendredi, pour les professeurs, trois ou quatre représentations pour les élèves, mais ils ne vont pas passer leur vie dans cet internat. Le rêve d'Émile étouffe sur cette scène de fortune. Le Théâtre de Nice est en vacances, le Palais de la Méditerranée en liquidation, le Théâtre de Verdure est loué par des chanteurs, le Casino-Club par des conférenciers, les MJC répondent que c'est trop tard. Conduit par Norbert, il est allé à Cannes, à Menton, Monaco... Partout la même réponse. Les seuls endroits disponibles sont hors de prix. On leur explique que maintenant les gens vont à la plage, et qu'ils feraient mieux de jouer leur pièce en septembre. A chaque nouvel échec, la figure de Norbert s'allonge.

Émile lui a fait jurer de ne rien dire aux autres. Il sait que ses acteurs sont prêts, maintenant, et qu'on ne rattrape jamais une pièce qui n'a pas été suffisamment jouée. Il a réussi à les détourner un moment du bac, il ne pourra les sauver des vacances et de la dispersion que par un calendrier draconien. Il leur répète qu'il est en pourparlers, qu'il attend les réponses d'un jour à l'autre. Ils sont au sommet de leur travail, ce moment de quasi-perfection où la maîtrise est encore neuve, et l'idée que tout ça pourrait tourner court le rend fou. Il continue à les encourager, par des promesses qui ne reposent même plus sur l'espoir. Trois théâtres auxquels il avait écrit pour la tournée ont envoyé un formulaire navré. Il a téléphoné aux autres. Relâche, complet, trop tard, trop cher. Les directions ont changé, plus personne ne le connaît, son passé le rejette.

A la fin d'une répétition particulièrement bonne, il va s'asseoir au fond de l'étude et reste sur sa chaise, les mains entre les genoux. Sandra vient le rejoindre, sentant que quelque chose ne va pas. Alors il murmure, malgré lui, ou parce que c'est elle :

— Tu sais… On n'a pas de salles.

— Je sais, dit-elle doucement.

Elle s'assied près de lui. Il la regarde, la bouche ouverte. Les autres se passent des bouteilles, sur la scène, mangent des sandwiches, fument en parlant. Sandra a un beau sourire, un peu triste.

— J'ai vu votre tête… Il faut le dire aux autres. On va s'y mettre tous, et on trouvera. Vous voulez que j'aille leur parler ?

Il ne répond pas. Il est dans un de ces moments où plus rien n'a d'importance, sauf un visage qui écoute, des yeux qui ont compris.

— Dis… Tu ne m'en veux pas ?

Elle secoue la tête, soudain grave. Il la laisse aller. Le silence se fait sur scène tandis qu'elle annonce la nouvelle. Trastour se met à rigoler tout bas, les doigts dans ses sourcils.

— Je ne vois vraiment pas ce que ça a de drôle, bondit Émile brusquement tiré de sa torpeur.

— Moi si. Mon pauvre, si vous n'avez pas de tournée pour leur caisse d'entraide, ils vont tous vous tomber dessus...

— Comme si le problème était là !

Trastour l'apaise d'un geste, rentre sa chemise dans son pantalon, se tourne vers la troupe :

— Bon, ne vous inquiétez pas, moi je sais où vous allez jouer. Et je vous promets même le public assuré, le logement gratuit, et la tournée d'été.

— Ah oui, et où ? lance Émile, haineux, supplanté, ridicule.

— Dans les villages de l'arrière-pays, répond Trastour épanoui. Sur les places. Je connais tout le monde, et ça leur fera prendre l'air, à tes troupes.

— N'importe quoi ! Ça ne passera jamais... Qu'est-ce que tu veux qu'ils y comprennent, tes villageois ?

Trastour s'empare d'un texte qui traîne sur une table.

— Tu n'as qu'à adapter un peu, tiens. Tu fais une version arrière-pays.

Tintin devient blême. Trastour feuillette la pièce, raturée, surchargée.

— Tu me la passes cette nuit, je la traduis, et demain on voit ce que ça donne.

Tintin secoue la tête, anéanti, voyant *Johnny got his gun* devenir *Lou sóudard impoutènt*.

— Pas question, tranche Émile en lui reprenant le texte.

Trastour se masse la joue, un moment, scrutant les visages défaits par la déception, puis lance en s'en allant :

— Bon, ce n'est pas grave, j'ai autre chose. Demain je vous amène quelqu'un.

Après une enfance difficile et une jeunesse ingrate, Tony Riquetti a suivi de brillantes études qui l'ont mené à l'agrégation de lettres. Il a obtenu un poste à Nice, sa ville natale. Quand il a compris qu'il ne pourrait satisfaire toutes ses ambitions en enseignant le français aux Niçois, il est monté à Paris, où il s'est mis à raconter dans des romans la vie des Niçois aux Français. Gros succès. Il possède une bonne plume, une grande chaleur humaine, le sens du vent et l'art d'accommoder les fonds de terroir. Par conviction, il s'est engagé à gauche. Il est allé à Paris pour devenir quelqu'un, et maintenant qu'il est quelqu'un, Paris le renvoie à Nice, comme candidat aux législatives. Fil conducteur de sa campagne : j'ai raconté la vie de vos parents, alors votez pour moi.

Per reussi lou changiamen
UN ÉLUT LOUCAL
naissut dintre lou Vièi Nissa
TONY RIQUETTI, écrivain
Suppléant : Guy Bonnello, plombier

La chèvre et le chou. Tout va pour le mieux dans la joie et l'espoir, il fait beau, des millions de bulletins scintillent sur la mer, le marché aux fleurs embaume près du Cours Saleya. Tony Riquetti y passe ses matinées, à serrer des mains. Il accoste les gens, le bras tendu. De temps en temps, un touriste ignorant des usages lui donne un franc.

Et voilà que le suppléant décède, à vingt jours du scrutin. Le parti ayant misé sur la couleur locale, dans cette circonscription, on se met aussitôt en quête d'un nouveau suppléant qui soit né dans le Vieux-Nice. Ouvrier si possible. On en trouve un. Il s'appelle Neuville-Cohen. Personne n'est parfait.

Tout confondu qu'on l'ait désigné, éperdu de reconnaissance, ignorant qu'on l'a surtout choisi pour ses qualités géographiques, Neuville-Cohen se demande comment prouver sa gratitude au parti. Justement, il ne sait pas le niçois. Alors, sans rien dire à personne, pour se montrer digne de la confiance qu'on a mise en lui, il va trouver Trastour à Saint-Pancrace et lui demande de lui donner des cours. Trastour accepte, à condition qu'il vienne les prendre au lycée. Pour embêter la directrice. Affaire conclue.

Neuville-Cohen est un petit monsieur précis, discret, sincère. Il travaillait jusqu'à l'année dernière chez un horloger qui a fait faillite, et depuis il est au chômage. Le candidat de la droite laisse entendre finement que c'est pour ça qu'on l'a nommé suppléant. Ça fait déjà un emploi de créé. Tous les deux jours, à quatre heures dix, derrière des lunettes noires, Neuville-Cohen franchit les grilles du lycée. Il se hâte, le col relevé, dans les couloirs déserts. Les élèves sont en cours. Il se cogne un peu aux piliers, à cause des lunettes. Trastour l'attend dans une classe vide, au troisième, l'accueille par une grande claque dans le dos.

— Aloura, lou suppléant !

Il lui marque des phrases au tableau, les lui fait apprendre par cœur, l'abrutit d'interrogations écrites, le bouscule, lui donne des notes épouvantables. Neuville-Cohen, paniqué, retrouve les angoisses de son certificat d'études et, à l'idée des élections imminentes à présent, songe qu'il ne sera jamais reçu. Trastour n'a plus que lui comme élève, les autres sèchent pour aller se baigner. Il s'amuse beaucoup, lui apprend tout faux.

Lorsque le suppléant est mis au courant des problèmes de la troupe, il hoche d'abord la tête, prudent. Puis Trastour lui raconte la pièce, et il croit reconnaître dans les intentions de l'auteur une ligne directrice proche des idées de son parti. Après le cours, timidement, il demande à Trastour s'il peut monter à l'internat, pour se rendre compte. Les pensées tournent dans sa tête. Tony Riquetti est ancien élève de ce lycée, la troupe joue une pièce contre la guerre et l'impérialisme, le député sortant a invité la population à des concerts gratuits qui ont beaucoup de succès, Riquetti, pris de vitesse, a riposté que la politique de la droite c'était le mépris, que lui il traitait les électeurs en adultes et affrontait avec eux les vrais problèmes, mais les gens préfèrent aller au spectacle.

A l'issue de la répétition, le petit horloger ôte ses lunettes noires pour se faire connaître, assure qu'il parlera à son candidat le soir même. Il bafouille, il s'emballe : ils pourraient donner des crédits, imprimer les affiches, les programmes, et puis ils ont un chapiteau, pour leurs meetings, et cet été, la tournée, ils pourraient la prendre en charge... Ce serait une innovation formidable : la première pièce patronnée par un parti, une sorte de Fête de l'Huma théâtrale, qui irait de ville en ville... Le suppléant repart, complètement grisé par l'intrusion du rêve et de l'initiative dans sa vie, après trente ans d'idéal routinier, d'espoir docile.

Tombée de haut à la nouvelle qu'elle n'avait plus de salles, la troupe reprend aussitôt ses esprits, se lance dans les perspectives qu'on lui ouvre. Tout le monde n'approuve pas la récupération, mais les acteurs qui penchent à droite se rendent bien compte qu'ils doivent choisir entre leurs idées politiques et la pièce. Entre des principes et l'aventure. Trastour lève les derniers scrupules en démontrant que loin de servir de porte-drapeau à la gauche, c'est eux qui se serviront d'elle. Et l'étiquette de se changer en tapis volant. Trastour, qui dormait au lycée comme le génie dans la lampe d'Aladin, a été réveillé par Émile et maintenant il exauce ses rêves, transforme en réalités ses promesses les plus folles. Émile lui en veut de l'éclipser, mais une seule chose compte : la pièce. Qu'importe d'où souffle le vent, pourvu qu'on avance.

Très séduit, Riquetti a sauté sur les propositions de Neuville-Cohen, s'est entendu avec des responsables, a téléphoné à l'imprimerie, et les affiches de *Johnny got his gun,* par les Compagnons de Jean-Moulin, sont venues recouvrir sur les panneaux électoraux les affiches de la droite. Après la générale de l'internat, la première mondiale aura lieu samedi, sous le chapiteau du Paillon. La campagne officielle étant close, on pourra ainsi mobiliser une dernière fois l'électorat. Le ministre de la Mer sera là ; au nom de son collègue de la Culture, il présentera la troupe, symbole de la jeunesse entreprenante et des forces de l'espoir.

Au lycée, les affiches de la première ont fait l'effet d'une bombe. Pour tout le monde, s'écrie-t-on, ça voudra dire que le lycée Jean-Moulin est un lycée de gauche ! Alors voilà où s'alimente la caisse d'entraide ! Dans les coulisses de la propagande ! A huit jours du bac, le SDEUF, le SNOUP et le SPEPS lancent un ordre de grève, tandis que les parents d'élèves APEES, convaincus de la gravité de la situation, prennent la décision de garder leurs enfants chez eux. Sommée d'interdire les répétitions à l'internat pour dégager la responsabilité du lycée dans cette opération électorale, la directrice ne sait plus que faire, téléphone au rectorat où on lui conseille de temporiser. Cependant le SNIP et le SNAP, aidés des parents Martin, mettent immédiatement sur pied le remplacement des professeurs grévistes, assurent, en plus des leurs, les cours abandonnés par la droite, finissent les programmes, font réviser les terminales dans des salles à moitié vides peuplées de petits Martin. La droite proteste en invoquant le respect du droit de grève, et la gauche lui répond au nom de l'ordre.

Une pagaille incontrôlée s'installe au lycée. Des chaises passent par les fenêtres, des éléments extérieurs s'infiltrent, des groupes de droite viennent envahir les classes pour empêcher la gauche de faire cours. Les dernières répétitions se déroulent fenêtres et portes closes, Émile récupère la tension au profit du travail, il se retrouve en plein Front populaire, quand il chantait *les Mousquetaires au couvent* dans les usines occupées. La directrice réunit commission permanente sur commission permanente, elle a besoin d'un vote pour pouvoir appeler la police, les syndicats font barrage, des élèves et des badauds se battent dans la cour.

Un après-midi, une manifestation d'extrême droite franchit les grilles du lycée, aux cris de « Debout la France, les rouges arrivent ». Pour convaincre la France ils ramassent des pierres, et brisent les vitres de l'internat. Alors Émile et Trastour, entraînés par les cris, arrachent la troupe à la pièce au milieu d'une bataille et se précipitent dehors. En voyant ce débarquement de soldats de 14-18, armés, casqués, fondant sur eux, les anti-rouges amorcent un mouvement de repli, puis se ressaisissent et lancent à nouveau des pierres, font siffler des chaînes. Immobile derrière un arbre, les dents serrées, les yeux durs, Carême a assisté au saccage du jardin de la directrice. Soudain elle surgit sur le perron, tandis que des sirènes de police retentissent dans les rues. Alors Carême bondit de sa cachette, hurlant, bougeant les bras, pour détourner l'attention. Il trébuche et part en avant, sa tête frappe le bord d'une marche, il roule dans un buisson. Les CRS dispersent les manifestants. Carême cligne des yeux sous un brouillard rouge, voit l'image de la directrice portant des fleurs sur sa tombe, et s'évanouit en souriant.

Après la victoire remportée par les Compagnons de Jean-Moulin sur les néo-fascistes, le soutien du SNIP, du SNAP et des Martin devient écrasant. La directrice ne peut plus ôter la salle au club-théâtre, maintenant que *Nice-Matin* l'a présenté comme le sauveur du lycée. Le SDEUF et le SNOUP reconduisent la grève. Le calme est revenu, et la générale sera la fête du changement, la célébration d'une aube nouvelle pour l'Éducation nationale.

L'après-midi de la représentation, Tony Riquetti tient sa dernière réunion publique, dans un quartier populaire. Les cheveux bien peignés, la chemise bien ouverte, le costume bien froissé, il présente son programme. Il rappelle le nom de la rue où il est né, assure que l'histoire est en marche, explique ce qu'il a voulu dire dans ses livres, et fustige avec un humour délicieux le député sortant qui promet des piscines. Il conclut en soulignant qu'il faut des hommes neufs, pour que les Niçois qui le désirent puissent vivre au pays et travailler dignement, sans la tutelle des propriétaires de casinos. A l'issue de son discours, très applaudi, il appelle au podium Neuville-Cohen qui fait le timide pendant quelques instants, agitant le doigt, tortillant sa veste, puis monte sur l'estrade avec son petit papier.

— Lu mieu amic, commence-t-il, lyrique, sian de car marina [1] !

Des murmures étonnés s'élèvent discrètement dans l'auditoire. Il exprime en français ses remerciements à l'escrivain, lui jure fidélité en tout, lui souhaite de gagner, rappelle qu'il est chômeur, et comme il ne voit rien d'autre à ajouter, il avale sa salive, avec un petit sourire mutin, attend quelques secondes, puis lance dans le silence les autres paroles en niçois que Trastour lui a préparées.

Des sourires s'allument sur les visages de l'assistance. A la troisième phrase, un immense éclat de rire secoue la salle, des chaises se renversent, des mains claquent sur des cuisses avec un bruit de détonation, des hommes se lèvent en gesticulant, hoquetant, se bourrant les côtes. Riquetti, qui s'est tellement plongé dans l'histoire du comté de Nice qu'il n'a pas eu le temps d'en apprendre la langue, croit à

1. « Mes amis, nous sommes des mollusques ».

une provocation fasciste et lâche le service d'ordre. Comme les gens pleurent de rire, les gorilles comprennent qu'on a lancé des grenades lacrymogènes, et évacuent la salle. Les gens se laissent sortir, bousculés, chancelants, suffoquants, pliés en deux.

Émile se prépare, chez lui. Ils ont répété tout l'après-midi, le dernier filage a été mauvais, c'est bon signe. Le trac les tenaille, ils sont prêts, ce soir ils seront bons. Il n'a pas la tête à ce qu'il fait et recommence son nœud de cravate, pour la cinquième fois. Marie est couchée. Elle a je ne sais quoi, des palpitations, des vertiges. Elle ne viendra pas. Il aurait tant voulu l'emmener, être à côté d'elle dans la salle, lui offrir cette pièce, comme une revanche, lui prouver qu'il est sorti de la vieillesse où elle a cru l'enfermer... Il sait qu'elle fait semblant d'être malade. Ça l'a d'abord mis hors de lui, mais il a compris que c'était par délicatesse. Elle ne boudait pas, elle reprenait son rôle. Si jamais la pièce ne marchait pas, elle voulait rester là pour le recueillir, tout à l'heure, libre d'écouter ce qu'il aurait envie de lui dire, ses critiques ou ses justifications, de prendre le visage qu'il voudrait lui voir, sans qu'il y retrouve ce qu'il aurait décidé d'oublier. Comme d'habitude — comme autrefois. Cette prévenance étouffante qui le retient depuis trente-cinq ans. Il est agacé, il est ému, et tout en la maudissant, la remercie de lui rendre ces sentiments grâce auxquels ce soir sera une vraie générale.

— Tu es beau, dit-elle dans son lit comme à regret, les yeux humides.

Pour elle, c'est une défaite. Il tourne devant le lit dans son smoking.

— Allez, vas-y, tu vas te mettre en retard. Ne t'inquiète pas, Antoine est là, et puis il y a les voisins…

Trastour et Luce viennent le chercher. Elle est en robe à paillettes. Il a un nœud papillon. Ils ont l'air aussi empruntés l'un que l'autre, se sourient à la dérobée, mais Émile a d'autres soucis en tête. Ils passent à l'hôpital prendre Sandra, qui a voulu rendre visite à Carême avant la générale. Elle monte dans la R8, le visage un peu triste. Carême l'a accueillie froidement. Il lui a représenté qu'elle n'existait plus, et l'a priée de partir. Maintenant le lycée est mort, a-t-il dit, envahi par la forêt vierge, et il n'est pas l'homme à revenir en arrière. La directrice lui a fait porter des chocolats par une secrétaire. Il a dit merci madame. Et il a regardé vers la porte de la salle, avec un sourire émerveillé. Il attend l'heure où le docteur viendra voir sa température. C'est une femme de quarante ans, des cheveux noirs comme il n'en a jamais vu, et des seins, et le sourire de la Madone. Il lui a demandé timidement ce qu'avait le voisin de droite. Puis celui de gauche. Puis ceux des autres salles. A chaque visite il apprend de nouvelles maladies, et les noms tournent dans sa tête. Aujourd'hui il a pu se lever, a fait quelques pas dans le couloir. Le docteur l'encourageait, lui disait qu'il serait bientôt sur pied. Il s'est approché d'une fenêtre, a regardé en bas, et lui a fait observer, d'une petite voix, que les jardins étaient bien mal entretenus.

Comme il n'y a pas de cours le samedi matin, la plupart des internes partent le vendredi soir. Elles sont venues dans la salle de théâtre, avec leurs sacs de voyage, leurs affaires de week-end, encourager les acteurs, leur souhaiter bonne chance. Émile aurait bien voulu inviter celles qui restaient cette nuit à l'internat, les sans-famille, les moins jolies, les studieuses... Mais avec tout le SNIP et tout le SNAP, et les indépendants, et les conjoints, la salle serait trop petite. Demain, ils répèteront toute la journée sous le chapiteau du parti, régleront les éclairages, pour la première à vingt et une heures. La semaine prochaine, ils rejoueront ici, devant les élèves. Ensuite l'entracte du bac, et puis la tournée. Émile a rendez-vous lundi avec un responsable culturel du parti.

— Mais où est Norbert ?

La salle est bouclée, tous les autres sont là, tournent en rond, vérifient les costumes, les accessoires, l'alignement des chaises. On joue dans une demi-heure. Luce maquille les filles, leur enfonçant le bâton de rimmel dans l'œil.

— Fais attention à ce que tu fais, enfin !

Elle hausse les épaules. Trastour, monté sur une chaise, met de l'huile dans la tringle du rideau. Émile fait les cent pas dans une rangée, frappant du poing les dossiers.

— Mais bon Dieu, qu'est-ce qu'il fout !

Son smoking d'autrefois le serre à la taille, s'écarte aux revers.

— Au suivant ! chantonne Luce, un petit pinceau à la main.

Sandra se lève et cède la place à Christian, qui se laisse farder avec mauvaise grâce. Tintin consulte sa montre, l'estomac tordu par l'angoisse. Frédéric et Nicole se relaxent dans un coin, accroupis, les paumes tournées vers le plafond. Mireille a découvert qu'elle ne savait plus son texte et tape sa tête contre un carreau, butant à chaque phrase. Le petit Forissac se bourre de pastilles pour la gorge. Neuf heures dix. La porte s'ouvre en catastrophe sur Norbert, essoufflé, son casque tombe, il le ramasse.

— Tu as vu l'heure? attaque Émile. Change-toi, grouille-toi, et au lit, bon Dieu!

— Je me suis échappé, répond Norbert, la voix blanche.

Luce arrête de maquiller, Mireille de taper sa tête, Forissac de sucer sa pastille. Norbert explique tout: la réunion de Riquetti, le suppléant, le scandale, son père est arrivé à la maison fou de rage, l'a bouclé, voulait l'empêcher de venir. La honte, le ridicule, Riquetti bastonnant son électorat, *Nice-Matin* dans la salle... On avait tout compris. Trastour avait partie liée avec la troupe, c'était un coup de la droite, Bordemet hurlait qu'on s'était servi de lui, de l'appui de sa fédération, que la pièce était un complot...

Trastour se tient les côtes dans le silence effaré.

— Mes enfants, le Riquetti, cette fois, il va pouvoir retourner à Paris nous faire de beaux livres...

Émile l'empoigne au collet.

— Alors tout ce qui t'intéressait, c'était ça, foutre le bordel, ici, au lycée, dans la politique...

Trastour lui tapote l'épaule, hilare.

— Si tu savais ce qu'il leur a dit, lou suppléant... Des cochonneries à faire rougir les bolcheviks...

— Et la tournée, la pièce! crie Émile.

— Ne t'inquiète pas... Ils ne vont pas annuler la première, d'ici demain. Là, ils auraient vraiment l'air fins. Ils ne vous mettront pas en cause. Non, simplement, pour la tournée, il va peut-être falloir revenir aux villages de l'arrière-pays…

— Fous le camp ! hurle Émile en le poussant dehors, fous le camp !

Trastour se laisse acculer contre la porte, les sourcils haussés. Puis il se dégage brutalement.

— Après tout, moi, hein… Allez, bonne chance quand même.

Et il sort sur un salut amical. Émile se retourne, les tempes battantes, les dents serrées.

— En coulisses ! crie-t-il. Je ne veux plus un mot, plus rien. Vous jouez dans un quart d'heure, c'est la seule chose qui compte, vous m'entendez ? La seule chose. Vous aurez la première, vous aurez la tournée, je vous le jure ! Maintenant ne pensez plus à rien, qu'à la pièce. En coulisses, j'ai dit, vous avez compris ? Vous n'entendez pas les profs qui arrivent ? Luce, à l'entrée !

Luce se presse vers la table qu'elle a installée près de la porte, avec une grande urne pour recevoir les dons. L'entrée est libre, on paie ce qu'on veut. Une cinquantaine de roses trempent dans un seau, pour les dames.

— Tintin, avec moi.

Tintin se précipite dans le couloir, derrière Émile.

— Quelque chose ne va pas ? demande une pionne.

Des internes sont sorties sur le seuil des études, d'autres montent dans les dortoirs, se poussent contre le mur. Émile et Tintin dévalent l'escalier, débouchent sur la terrasse. Émile regarde l'heure, marche à grands pas dans les jardins grillés. La chaleur pèse sur le soir, les arbres ne bougent pas.

— Neuf heures vingt, enfin c'est insensé ! Ils savent où c'est, bon Dieu… Trouve-moi la directrice, elle doit être dans son bureau. Elle a dit qu'elle viendrait.

Tintin court vers l'externat. Émile file jusqu'à la grille, sort sur le boulevard, regarde en bas, en haut. Des voitures, des passants, personne sur le parking. Neuf heures vingt-cinq. Il se retourne vers les deux grandes affiches placardées de chaque côté du portail. Enfin, c'est écrit : 21 h 30 ! Qu'est-ce qu'ils foutent, nom de Dieu, qu'est-ce qu'ils foutent… Il rentre. Tintin revient, s'arrête, haletant.

— Le concierge… Il dit qu'elle est partie. Il n'y a personne.

Émile frappe ses mains l'une contre l'autre, rejette la tête en arrière en crispant la bouche.

— Ils ne viendront pas, murmure Tintin.

— Attends, attends, bon sang, ne dis pas de conneries, ils font les vedettes, c'est tout, tu verras, ils vont arriver d'une minute à l'autre… Je sais ce que c'est, va, ce n'est pas la première fois…

Tintin secoue la tête. Émile fait volte-face, retourne sur le boulevard. Un camion. Une mobylette, dans l'autre sens. Des gens rentrent chez eux. Tintin est venu derrière lui, la tête basse.

— Ils ont voulu boycotter…

Émile tourne les talons, le regarde au visage. Sa lèvre avance, ses yeux se plissent, et Tintin recule d'un pas.

— On joue ! hurle-t-il en l'écartant d'une bourrade.

Il remonte vers l'internat, traverse la terrasse, Tintin court pour se maintenir à sa hauteur, il ouvre la porte battante d'un coup de pied, grimpe les escaliers quatre à quatre, se répand dans les couloirs. Une surveillante générale sort de son bureau.

— Les pionnes, allez me chercher les pionnes. Et les internes. On est dans un internat, ici ! Les internes !

Les acteurs quittent les coulisses et se dispersent dans les étages, vident les études, ramènent les filles, excitées.

— Et les autres ?

— Mais... elles sont couchées...

— On s'en fout ! crie Émile, et il monte dans les dortoirs, leur arrache leurs bouquins, les tire du lit. En scène ! Rideau dans cinq minutes !

Elles attrapent un vêtement, des espadrilles, se pressent dans les couloirs derrière Émile. Il redescend suivi d'une escorte qui s'habille, en slip, en chemise, en pyjama.

— Hé ! s'insurge la surveillante générale dans l'escalier, les internes ne peuvent pas descendre comme ça...

Émile la prend par les épaules et la plaque contre le mur. Atterrée, elle regarde passer le troupeau qui dévale les marches dans une cascade de rires.

— Mais... Mais enfin, monsieur, je ne peux pas... Il y a des garçons...

— Oui, il y a des garçons, et alors ? Il y a ce qu'on trouve, madame ! Il y a tout, sauf des professeurs. J'attendais des professeurs, vous les voyez ? Montrez-m'en un ! Allez ! Montrez-m'en un ! Alors je prends le public que je trouve, madame.

Il l'entraîne par le bras, l'assied dans la salle où Luce interloquée distribue ses roses.

— Silence ! Tout le monde assis, et taisez-vous sinon je vous recouche.

— Les peignoirs, mettez les peignoirs..., balbutie la surveillante.

— Ça y est ? lance Émile à Tintin complètement dépassé, qui a rajouté des chaises, recouché Norbert, rentré les acteurs en coulisses. Tout le monde est là ? Bon. Luce, ferme la porte.

Il fait lever une fille, monte sur sa chaise.

— Écoutez-moi. La générale à laquelle vous allez assister a été délibérément sabotée par vos professeurs. Vous imaginez dans quel état sont vos camarades. S'ils jouent quand même ce soir, c'est pour vous. Moi, jamais je n'aurais accepté de jouer dans des conditions pareilles. Ils ont fait leur choix, alors je compte sur vous pour vous montrer à la hauteur, pour ne pas les décevoir, pour ne pas les trahir. Bonne soirée.

On l'applaudit et il va s'asseoir. Luce a rejoint le piano, les lumières s'éteignent. Il enfouit la tête dans ses mains, un long moment, pour se calmer, retrouver sa respiration, ses esprits. La marche s'élève. *To-morrow belongs to me*. Puis les bruits de bottes enchaînant sur le roulement de tambour. Le rideau s'est ouvert, la musique décroît. Sifflement de l'obus. Explosion. Silence total dans la salle. Les battements du cœur de Johnny. Trop fort, Tintin a mis trop fort. Un projecteur s'allume, éclairant le lit. Émile sent une douleur au côté et ferme un instant les yeux. L'infirmière se place, le docteur — trop tôt, nom de Dieu, trop tôt. Ils sont complètement déconcentrés. Non, c'est lui. C'est lui qui n'en peut plus, qui n'arrive pas à reprendre son souffle. La voix off retentit, Johnny commence à bouger. Émile épie les visages autour de lui, tendus dans la lumière pâle. La 1, bon. Ils y sont. La 2 va marcher, le public basculer d'un coup dans la fanfare, les couleurs... Les projecteurs s'éteignent, la bande s'arrête. Des exclamations étouffées traversent la salle. Les acteurs se sont immobilisés. Quelqu'un essaie d'allumer les néons. On remonte un store. Les fenêtres du quartier sont éclairées.

— Ils nous ont coupé le courant.

Des flammes jaillissent de quelques briquets. Les pionnes quittent la salle à tâtons, pour aller aux compteurs. Une sourde angoisse court dans les rangées. Des chaises raclent.

— Non, attendez, attendez, balbutie Tintin. Ça va revenir...

On apporte des bougies. Des filles se rasseyent, d'autres commencent à pouffer dans le noir, on entend de petits cris, des galopades dans le couloir.

— Restez ici! aboie la surveillante générale. Mesdemoiselles, restez ici!

— Un garçon, un garçon! s'écrie une fille, jouant l'effroi, et les rires se répandent dans les claquements de sandales, des chaises tombent.

— Mesdemoiselles!

— Madame, on me touche!

Un groupe hilare court de bougie en bougie, les soufflant.

— Mesdemoiselles!

Des poursuites résonnent dans les étages, les escaliers. Les rires et les cris recouvrent les appels désespérés des pionnes.

— Assez, assez!

— Je ne comprends pas, ce ne sont pas les plombs, ni le disjoncteur…

— Au général ! Allez voir au général, chez le concierge.

Émile descend le boulevard. Il n'a pas pu voir ça. Ils ont compris, l'ont laissé partir. Ce n'est rien. Ce n'est rien, ils le savent, demain ils auront un vrai public, une vraie salle. Il reviendra demain matin ; il ne faut pas qu'ils l'associent à un échec, il ne faut pas… Une pluie fine s'est mise à tomber. Il marche dans la nuit, trempé, longtemps, sans penser à son chemin. Il va retrouver Marie, Marie qui a fait semblant d'être malade pour l'attendre, et qu'est-ce qu'il va lui dire ? Une odeur lourde et crayeuse s'élève du trottoir. Il connaît cette rage du gosse puni qui rentre, l'injustice des soirs où le public ne prend pas, s'en va, ne laisse qu'un vide où tout perd son sens… A chaque pas il s'enfonce dans les émotions qu'il a essayé d'oublier, pendant quinze ans. Les désespoirs comme les nuits de triomphe, l'assaut de la foule qu'on a captivée, capturée, conquise, l'impression d'être seul au monde à vivre, et de partager son bonheur avec des milliers de mains, de voix, l'ivresse qu'on remporte chez soi comme une armure…

Lorsqu'il pousse la porte de son immeuble, la minuterie est allumée. Il y a du bruit, au-dessus de lui, des appels. Il monte jusqu'à son étage, et aussitôt les gens l'entourent. La pluie frappe le toit dans un bruit d'applaudissements, s'apaise, redouble. La lumière s'éteint, se rallume. On se presse autour de lui, des mains serrent éperdument la sienne, on l'embrasse avec effusion.

DEUXIÈME PARTIE

Je n'ai jamais rencontré une main pareille.
Il n'a pas une ligne de vie ; il en a plusieurs.

Jean Cocteau, *Thomas l'imposteur*.

Le neveu d'Eure-et-Loir s'était marié la semaine d'avant. Il avait oublié un morceau de tulle, sur l'antenne de son auto. Fernand, le cadet, était venu de Lyon avec ses enfants et petits-enfants, jusqu'au dernier, un bébé qui avait pleuré à l'église. Les autres étaient des figurants, sortis d'une photo de noces trente-cinq ans plus tard.

Fernand avait dit : si vous voulez, on peut la mettre chez nous... Émile a acheté un caveau au cimetière de Caucade. Il leur avait enlevé Marie en 1946, ce n'était pas pour la leur rendre aujourd'hui. Il n'avait pas voulu de leur hospitalité, il ne leur offrait pas la sienne. Ils étaient repartis, en emmenant Antoine. Émile était seul, et le monde à l'envers.

Les gens de l'immeuble s'étaient organisés pour le prendre en charge. Ils avaient mis au point des roulements, lui avaient préparé son emploi du temps. Tel jour il mangerait chez Mme Dubreuil, tel autre chez les Rousset, le week-end il partirait avec les Bravi, dans leur maison d'Entrevaux. Pour les vacances, il avait le choix : l'Auvergne avec le troisième gauche, la Corse avec le deuxième face, Lamalou-les-Bains avec le rez-de-chaussée. Il a fermé sa porte, a pendu un écriteau :

JE N'AI BESOIN DE RIEN, MERCI.
NE SONNEZ PAS.

La troupe a joué sous le chapiteau du parti. Il n'y est pas allé. Il a téléphoné à Tintin qui a dit que bien sûr, il comprenait, il s'occuperait de tout, ça irait, il le remerciait encore pour son aide, lui présentait ses condoléances... La pièce a cafouillé, la salle n'a pas marché, Émile n'a lu que deux lignes sur le journal. Il ne les reverra plus, jamais. Norbert est venu sonner, hier, il n'a pas ouvert. Il a trouvé une lettre de Luce qu'il n'a pas décachetée. Il a débranché son téléphone. Il n'arrive même pas à pleurer, à avoir du chagrin.

Il tourne en rond dans l'appartement, classe des affaires, range et dérange des vêtements. Remplir des cartons marqués *Marie,* les descendre à la cave... Non. C'est à cause du théâtre qu'elle est morte. C'est lui qui va empiler ses affaires dans des valises, et lui laisser l'appartement. Il ne sait pas où il ira. Quand on veut refaire sa vie, ça peut avoir une importance, mais là tous les endroits sont bons. Il ne sait pas où tout s'est arrêté, dans une tombe ou sur une scène.

Les hirondelles rasent les toits, des pigeons sont posés sur la coupole de l'église russe. Il tire les volets. Il n'a rempli que deux valises, avec les affaires que Marie n'aimait pas. Un costume à carreaux dans lequel il a l'air d'un clown, des chaussures bicolores, des maillots à trous, un pyjama de flanelle. Quelques bibelots, six ans de cadeaux d'une cousine de Niort. Ce ne sera pas très lourd. Marie ne détestait pas grand-chose.

Il visite une dernière fois les pièces, va de photo en photo, comme on éteint des lumières. Il porte les valises dans le vestibule, retire la clé de la serrure. Il ouvre, et Sandra lève les yeux. Elle est assise sur le paillasson, adossée au chambranle, les genoux entre ses bras.

— Je n'ai pas sonné, dit-elle en montrant l'écriteau qu'il a mis sur la porte.

Elle se relève, tire sur son jean. Il ne trouve rien à dire. Il s'efface et déjà elle est entrée. Elle a une chemise à rayures, une dent de quelque chose qui pend au bout d'une chaîne.

— Vous partez ?

Il hoche la tête.

— Où ça ?

Haussement d'épaules. Son air éteint donne à Sandra un sentiment d'injustice. Il a croisé les mains dans son dos, ses traits n'ont plus d'expression. Il est rentré dans son âge.

— Et les autres ? demande-t-il avec effort.

— Je ne sais pas. Je ne les ai plus vus. Ils passaient le bac.

— Ça a marché ?

Son regard revient sur les valises. Il y en a une grise, et une jaune.

— Je n'ai rien passé. De toute façon je n'avais rien révisé. Et puis je veux rester sur la pièce.

Quelque chose tressaille en lui, sous cette phrase. Elle relève ses yeux verts.

— Vous êtes venu nous chercher, moi je viens vous reprendre.

Il la regarde. Elle sourit. Ses yeux attendent.

— Me reprendre ?

Elle fait quelques pas dans l'ombre du vestibule, cherchant ses mots sur les murs, dans la glace, au coin de l'armoire. Comment lui dire qu'avant elle était bien, et que maintenant c'est fini ? Il l'a ôtée de son indifférence et elle se sent perdue, elle ne se retrouve plus. Elle ne comprend pas ce qui lui arrive. Elle n'est pas faite pour souffrir, elle ne le veut pas. Elle erre depuis huit jours, de copain en copain, dort chez l'un, chez l'autre ou sur les plages, n'a plus goût au soleil, à la mer, à l'errance. La pièce les a laissés tous les deux seuls, blessés, sur leur faim. Elle a lâché le bac, Émile a perdu sa femme, rien ne les retient. Ils sont libres, ils sont sur la touche, en coulisses. Émile sent des larmes au coin de ses yeux, les larmes que la douleur n'a pas réussi à lui tirer. Des phrases se pressent dans sa tête : ce n'est pas possible, regarde-moi, tu as ta vie… Aucune ne s'arrête à sa bouche. Le temps a reculé d'une semaine.

— Tu veux entrer deux minutes ?

Ils se retrouvent au salon, s'assoient sur des housses. Émile sort une bouteille de porto d'un buffet. Sandra promène ses yeux sur les photos, et c'est comme si elle les rallumait. Il reste un instant le bras suspendu, au-dessus du plateau. Elle regarde les portraits, les affiches, il la regarde et reconnaît sur son visage les sentiments qu'il éprouve. Cet enthousiasme devenu sans objet, pour lui c'est un chagrin qui ne trouve pas de prise. Huit jours de formalités, de démarches, de mots convenus, l'inventaire de Marie, Marie partagée, Marie dispersée... Sandra est arrivée dans son deuil comme il avait débarqué dans leur pièce, bousculant tout, remettant les choses en place, et voilà qu'il retrouve Marie à sa dimension, Marie sans les pleurs des autres, sans la terre du cimetière, sans ces souvenirs posthumes qui s'attachent à elle comme du lierre. Il ne sait comment expliquer, comment reconnaître que Marie tenait si peu de place dans sa vie, et qu'elle est en train de grandir parce que Sandra est venue le voir. Que la tendresse qu'il a éprouvée jadis remonte en lui sous l'appel qu'il devine. Elle se tient de côté sur le fauteuil, les jambes croisées, le sourire vague, hésitant. Marie n'est pas dans le chagrin des autres, dans leur sollicitude, ni dans cet appartement vide, ni dans une tombe, elle est dans les yeux de cette grande fille blonde qu'il a dirigée sur scène et qui est revenue le chercher. Elle chiffonne lentement un coin de la housse.

— Tu ne vas pas bien ? demande-t-il du bout de la voix, lui qu'on plaint depuis huit jours.

Dans le silence régulier cousu par l'horloge, elle détourne la tête.

— Je ne sais pas.

Il cherche les mots pour la ramener à lui, comme elle l'a repêché. Il verse le porto dans son verre.

— Tu sais... Je n'avais jamais monté de Beckett...

Elle revient vers lui.

— Je sais.

Elle sourit. Il se sent réchauffé et meurtri à la fois.

— Merci..., l'arrête-t-elle avec la main.

Il redresse la bouteille.

— Vous m'en voulez, d'être venue ?

— Non. Tu es belle...

Elle ne réagit pas. Il a voulu dire : Tu es trop belle pour que ce soit de la pitié. Elle a compris. Il a planté un décor dans sa vie, et c'est une toile d'araignée où elle s'est prise. Il est seul parce que le monde est vide, elle est seule parce qu'elle n'y a plus sa place. Ils ont perdu pied, tous les deux. Ils se taisent. Ils se comprennent et ils ne se connaissent pas. Dans cet appartement qui sommeille, elle sent revenir la détresse sans but qui l'a amenée là.

— Je ne suis pas faite pour cette vie. Le bac, les autres... Leurs histoires politiques...

Il hoche la tête, et elle ne poursuit pas. Le silence s'enlise entre eux. Émile est assis au bord de son fauteuil, les coudes aux genoux. Il faudrait qu'ils aident les mots par un geste.

— Je n'aurais pas dû vous changer la pièce. Ça ne pouvait pas marcher... C'est ma faute.

— Non. C'est le monde qui est comme ça...

Il abaisse les paupières, laissant descendre la phrase en lui, rouvre les yeux :

— Tu sais, quand j'avais ton âge, un type que je ne connaissais presque pas, un régisseur, m'a dit quelque chose que je n'oublierai jamais. C'était à la dernière d'une revue. Le music-hall fermait. Pendant deux mois il n'avait fait que me bousculer, m'engueuler... Moi je pouvais trouver autre chose... Lui, il avait une famille, des gosses, il était à la rue. Il m'a dit : je te souhaite beaucoup de courage pour ce que tu désires.

Elle sourit dans un soupir.

— Je ne sais pas ce que je désire…

— Il faut encore plus de courage.

La phrase est venue toute seule, et elle le regarde avec une reconnaissance qui le déchire. Il tire sur sa veste, consulte sa montre.

— Vous devez vraiment partir?

Il fait non de la tête. Maintenant ce départ ne signifie plus rien. C'est elle qui se lève, qui dit qu'elle reviendra. Ils sont dans le vestibule, devant les valises. Sur le guéridon du salon, les deux verres sont restés pleins. Elle n'a rien devant elle, il a tout derrière lui. Et c'est comme si la solitude de Sandra glissait en lui, chassant la sienne.

— Vous voulez qu'on passe la journée ensemble?

Elle a prononcé les mots qu'il entendait dans sa tête. Elle prend l'émotion qu'il essaie de contenir pour une dérobade, un scrupule. Elle a peur qu'il froisse ce qui se passe entre eux, qu'il réponde à côté, quelque chose du genre: «Tu as ton âge, tu as ta vie…» Il ne dit rien. La porte est ouverte, le sac de voyage de Sandra est resté sur le palier. Un voisin passe la tête, surpris. Ses yeux vont de la fille aux bagages.

— Monsieur Mosca, vous… vous partez?

Émile sursaute, arraché au regard de Sandra. D'un mouvement instinctif, comme les mille-pattes se roulent en boule, il saisit les valises.

— Oui.

Le voisin sourcille, désarçonné.

— Vous… vous allez dans votre famille?

— Non, répond Sandra. Il va diriger un stage de théâtre, à Paris.

— A... Paris ?

— A Paris, confirme Émile, le cœur battant.

— Euh... je peux peut-être vous déposer... A la gare, ou à l'aéroport, si vous voulez, j'ai ma voiture...

— Merci, dit Sandra, j'ai la mienne.

L'homme opine, lentement. Il tend la main à Émile. Il lui recommande de ne pas trop se fatiguer, de donner de ses nouvelles, de revenir bientôt. Il hésite à prévenir les autres, et puis rentre chez lui. Émile leur échappe à nouveau.

Ils marchent dans les rues, vers la mer. Ils ne savent pas lequel des deux suit l'autre. Ils se retrouvent sur la Promenade des Anglais, elle fait du stop et il est assis sur un banc. Il n'a pas réalisé. Il ne se sent ni subjugué, ni coupable. Il la regarde au bord du trottoir, arrêtant des voitures qui repartent quand elle le désigne du doigt. Le vent de la mer agite les palmes, une odeur de sel et d'huile solaire, de friture froide. La lumière lui fait mal aux yeux, vide sa tête, la chaleur l'engourdit. Elle revient en passant la main dans ses cheveux.

— Vous pourriez peut-être aller de l'autre côté. Le premier qui trouve une voiture a gagné. D'accord ?

Il obéit, traverse, va tendre son pouce, comme elle. Les autos filent, traits de soleil devant la mer rayée de sillages. Des voiles gonflées se croisent au large, l'écume ballotte des matelas pneumatiques. Le bruit des ballons remonte de la plage quand les feux passent au rouge. Une voiture décapotable est garée près d'un arrêt de bus, une femme en bleu s'affaire au-dessus du moteur, touchant des fils, retirant aussitôt ses doigts. Elle retrousse les manches de sa robe, chasse des mèches rousses que le vent ramène sur sa figure. Sandra a traversé, montre à Émile le capot ouvert et s'approche de la femme.

— Vous avez des ennuis ?

La femme essuie son front, étalant une tache de cambouis.

— Oui, c'est le delco. Enfin, je suppose. C'est ce qu'on dit d'habitude. Ce matin elle a démarré tout de suite, là, plus rien. Et je prends l'avion dans un quart d'heure.

— Attendez, mon ami va regarder. Il s'y connaît.

Elle appelle Émile qui n'a jamais touché un moteur de sa vie. Il est sensible au clin d'œil de Sandra, mais n'a pas le cœur à faire semblant. Les voitures attendent au feu, un peu plus loin. Il remonte la file, demandant de l'aide par les glaces baissées. Un moustachu se range à l'arrêt du car et vient trifouiller le moteur. Émile le regarde, les mains dans le dos.

— Vous êtes au point mort? Allez-y.

La femme s'est rassise au volant, tourne la clé, une étincelle jaillit.

— C'est bon. Coupez.

Il dévisse les bougies, les nettoie, les remet, lui rend son chiffon. Elle lance le moteur qui part aussitôt. Un bus klaxonne pour avoir la place et l'homme bondit à son véhicule. La femme remercie Émile qui hoche la tête, referme le capot.

— Vous pouvez nous laisser à l'aéroport? demande Sandra.

— Bien sûr.

Elle ouvre la portière du passager, bascule le siège, Sandra se glisse à l'arrière avec son sac.

— Montez, monsieur, vite.

Émile s'installe, referme la portière. Il ne cherche pas le regard de Sandra, ne demande rien. La voiture déboîte sur les chapeaux de roues, la capote abaissée, les déflecteurs ouverts. Le vent s'engouffre et la conductrice klaxonne, changeant de file, slalomant. Sandra est assise au milieu de la banquette, se penche en avant :

— Vous allez où ?

— Los Angeles, répond-elle en haussant la voix.

Elle a une trentaine d'années, de grands yeux clairs, la peau brune, des lunettes de soleil dans les cheveux.

— Et vous restez longtemps ?

Elle grille un feu, se tourne à demi.

— Je ne sais pas. Dix jours, un mois, dix ans... Je suis amoureuse et il vient de m'appeler. C'est...

Elle a un geste de la main, large, éloquent, l'air dépassée par ce qu'elle voudrait dire. Elle double un car. Émile remarque un téléphone, sur le tableau de bord, au-dessous du poste de radio. Il serre les genoux sur ses valises, ébloui, fouetté par le vent.

— Et vous ? Vous allez chercher ou vous partez ?

— On part, répond Sandra en plantant ses ongles dans l'épaule d'Émile. On va à Paris.

— Vous prenez celui d'onze heures ? Vous avez le temps.

Et elle écrase l'accélérateur, la voiture bondit.

— Il est comment, votre Américain ?

Elle met son clignotant pour prendre la bretelle de l'aéroport.

— Il n'est pas américain. C'est fou, comme histoire..

On s'est rencontrés à Monte-Carlo, il m'a... Ah, le con!

Elle fait une queue de poisson à une fourgonnette qui voulait tourner, regarde la montre du tableau de bord. Elle freine devant l'aérogare, s'arrête à l'entrée marquée Départ.

— Ça va, je l'aurai. Dites, est-ce que vous savez conduire?

— Oui, fait Sandra.

— Je peux vous demander un grand service? Si je vais ranger la voiture, je le loupe. Vous voulez bien la porter au garage? Les hangars, là-bas... Vous laissez la clé au gardien. Ça ne vous ennuie pas?

— Non, non.

Elle descend, file ouvrir la malle arrière, sort une grande valise de cuir.

— Merci, merci vraiment. Et bon voyage.

— Oui. Vous aussi.

Elle se presse vers la porte en verre qui s'écarte devant elle, se referme. Sandra a enjambé le siège, s'installe au volant. Émile l'observe tandis qu'elle débraye, étudie le levier de vitesse. Elle lui sourit.

— Si, si, j'ai mon permis.

La femme ressort, gesticule: c'est bon, elle embarque. Elle retourne en courant dans l'aérogare. Sandra lui a fait un signe de la main, deux doigts tendus dans un V de victoire. Elle règle les rétroviseurs, recule son siège et démarre dans un soubresaut.

— C'est une Ford Mustang, annonce-t-elle, modèle 75.

Et elle passe la seconde, accélère.

— Mais... c'est de l'autre côté, le parking, rappelle Émile.

Elle tourne la tête vers lui :

— Vous auriez préféré l'avion ?

Il ouvre la bouche. Elle reprend la route du bord de mer, dans l'autre sens. Il la regarde essayer les commandes, comme un enfant regarde son père mettre en marche un train électrique.

— Mais... tu ne vas pas...

— Ben, je vous offre un peu d'aventure. Chacun son tour. On la ramènera ce soir.

Ses doigts volent d'un bouton à l'autre. Deux jets d'eau s'écrasent sur le pare-brise, balayés par l'essuie-glace, la capote se déplie dans un bourdonnement, se replie, l'antenne rentre dans l'aile, ressort.

— Vous avez peur ?

— Ce n'est pas ça, non, mais enfin...

Elle donne un coup de volant pour éviter des cyclistes, il bute contre la portière, attache sa ceinture de sécurité.

— Waou ! Vous n'êtes pas heureux ?

Son visage rayonne si fort qu'il sourit, malgré lui.

— Si on allait à Monte-Carlo ? Ça vous dit ? En pèlerinage...

Ils descendent jusqu'au port, prennent la Basse Corniche. Elle a mis la radio, volume à fond.

— C'est Cat Stevens.

Soûlé de vitesse, de courants d'air, de lumière, Émile ne dit plus rien. Il a l'impression de découvrir cette fille de dix-huit ans aux cheveux qui s'emmêlent, à la chemise ouverte, qui bouge la tête en mesure dans une voiture volée. Il sent peser sur lui cette insouciance, cette allégresse à laquelle il ne sait plus comment répondre. Il voudrait lui dire merci, il voudrait lui dire d'arrêter, de le ramener chez lui, ou d'aller plus vite encore pour oublier ce pincement dans sa poitrine… Elle tire sur une manette et il part en arrière.

— Oh pardon !

Elle rétrograde, lui tend la main, il se relève empêtré dans la ceinture. Son siège est à l'horizontale, transformé en couchette. Elle abaisse la manette et le dossier remonte, tapant dans le dos d'Émile qui part en avant.

— Aïe ! gémit-elle pour lui. Ça va ?

Il se masse le nez.

— Je ne sais pas si vous allez arriver vivant à Monte-Carlo… On s'arrête au Cap-Ferrat ?

Ils quittent la nationale avant Beaulieu, s'engagent sur une petite route résidentielle bordée de grilles et de pins parasols.

— On essaie la plage de Passable, mais ça va être bourré. Ça vous embête ?

La Mustang descend vers la mer, se gare dans un virage. Des odeurs de cuisine et de caoutchouc s'échappent du restaurant. Sandra a pris deux serviettes dans son sac, ils avancent sur le sable mêlé de galets. Elle ôte son pantalon, sa chemise. Il s'assied en tailleur sur une serviette et la regarde nager, éviter les planches à voile. Tout autour des couples se tartinent, des familles pique-niquent, des garçons bronzés avec des médailles jouent au ping-pong. Elle ressort et vient s'allonger à côté de lui. Son corps presque nu lui serre le cœur. Est-il possible que trente-cinq ans se défassent et qu'il veuille vivre à nouveau, parce qu'une poitrine se soulève, parce que des gouttes glissent le long d'une hanche ? Il essaie d'arrêter ces pensées, de les trouver ridicules. Il a gardé sa veste, il transpire. Il ne comprend pas comment elle a pu changer aussi vite. C'est comme si elle avait repris des forces dans l'appartement, tout à l'heure... Ou alors c'est une façade, c'est pour lui, c'est un jeu qu'il doit jouer. Elle l'observe entre ses cils. Des picotements courent dans son corps tendu par la nage. Elle lui prend la main.

— Je suis contente que vous soyez là.

Elle fait claquer sa langue, pousse un soupir en s'étirant.

— C'est ça, la vie. Vous ne croyez pas ?

Il fait la moue. Elle cille, se retourne sur un coude.

— Moi non plus, je ne suis pas sûre. Mais on peut essayer. Vous voyez, arrêter de vivre pendant quinze jours — enfin, ne plus penser qu'à une chose, à la pièce, je n'aurais jamais cru que ça pourrait m'arriver. Et pourtant... Mais vous, vous avez fait ça toute votre vie. Hein ? Vous ne vous êtes jamais dit : aujourd'hui il fait beau, je reste au lit, ou bien je vais à la campagne, ça n'empêchera pas la terre de tourner. C'est ça aussi, la vie. Vous allez voir... On va déjeuner ?

Elle remet sa chemise, ils montent jusqu'à la terrasse de cannisses. Elle commande des crevettes, des salades, du rosé. Étourdi par la réverbération, il l'écoute, les joues dans les mains. Elle parle de son enfance. Sa sœur est née au Laos, son frère en Égypte, elle à Dakar. Suivant les besoins de l'actualité, les voyages de leurs parents... Elle le promène à travers la savane, construit des cases sur le sable, pousse des pirogues, déplie des nuits pleines de tam-tam et de cris de chacals, de temps perdu.

— Et vous?

Il laisse échapper un sourire.

— Tu sais, moi, à douze ans, je gagnais ma vie... Je suis né à Alger. Ma mère était malade, on m'a envoyé dans la métropole, après la guerre. Je me suis retrouvé chez un vieil oncle, à Montmartre. Je ne suis pas allé à l'école plus de quinze jours. Ça me paraissait tellement idiot : être enfermé avec d'autres gosses, quand j'avais tout à connaître... Mon oncle ne s'occupait pas de moi. Je m'échappais, la nuit, pour aller dans les rues, devant les théâtres, les music-halls... Un soir, je suis entré à l'Emp'Clich'. L'Empyrée-Clichy. Je ne sais pas comment t'expliquer... J'ai senti que j'étais de l'autre côté. Pas dans la salle, tu comprends, sur la scène. Je m'étais toujours amusé tout seul, je faisais tous les personnages dans mes jeux, et puis devant la glace, et là ils faisaient comme moi, et on les applaudissait. Je suis rentré chez mon oncle, et je me suis mis à écrire des sketches. Oui. Et je suis allé les présenter dans les caf' conc'. On m'embauchait pour faire la plonge, et puis on me passait entre deux numéros. On me payait avec des sandwiches, trois sous de temps en temps. Mais j'étais dans leur vie, tu comprends, dans les loges... Ah, ces odeurs!.. La poudre de riz, la crème Simon, et puis l'ammoniaque, la benzine pour nettoyer les fracs — c'est moi qui faisais, ça aussi... Après les soirées on allait se mettre dans une loge, autour du calo, et je les écoutais. Chacun voulait m'apprendre quelque chose : un tour, une chanson, une pantoche..

Il a retrouvé sa voix dans les yeux de Sandra, et le passé remonte, efface le reste.

— Il y avait un music-hall qui s'appelait le Calcutta, le plus pauvre de Paris. Je faisais tous les numéros. Dans une soirée, j'étais l'assistant du magicien, le partenaire de l'acrobate, le souffleur du fantaisiste... Je donnais les sucres aux chiens savants. Je passais en coulisses, on me collait une perruque avec des nattes, une robe, et je revenais pousser une balançoire dans le tableau suivant. Je sortais de scène, on me barbouillait de noir et hop ! j'étais le boy de *Folies tropicales*. On m'habillait entre deux rideaux, j'avais, je ne sais pas, quinze secondes... Un jour j'ai joué *Folies tropicales* avec la perruque de fille. Tu ne peux pas savoir, l'ambiance que c'était, entre nous... Le soir, il y en avait toujours un qui me ramenait chez lui. Ah, ils me faisaient faire ce qu'ils voulaient... Y en avait qui abusaient un peu. La goualeuse des rues, qui avait des envies... L'illusionniste qui me faisait repriser ses chaussettes...

Sa voix a ralenti, comme s'il avait renoncé à rattraper le temps. Ses yeux sourient à des fantômes. Sandra laisse fondre sa glace.

— Et puis il y a eu Mystério. Mystério, l'homme à la guillotine... Il avait une vraie guillotine, sur scène, il faisait descendre le couperet, une première fois, pour bien montrer aux gens que ça marchait, et puis je m'installais. Alors il faisait un grand laïus, un peu pompeux : « L'innocence sera-t-elle plus forte que les lois physiques ?... » Il me mettait une carotte sur la nuque, on entendait des roulements de tambour, et quand ça s'arrêtait, il me décapitait. La carotte tombait, coupée en deux. La lame s'était arrêtée à un centimètre de ma tête. Oh, j'avais du succès, j'étais passé dans un journal... Mon oncle croyait que je travaillais chez un boulanger. Il a vu la photo : « Chaque soir cet enfant risque sa tête. » Tu ne sais pas ce qu'il m'a dit, la première chose ? Il m'a dit : « Tu veux tuer ta mère ? » Mais le truquage était simple, il n'y avait pas de danger. J'avais confiance. A treize ans, on ne se rend pas compte... C'est après coup, tu vois, que j'ai eu peur. Mystério a eu un chagrin d'amour, et il s'est jeté sous un tram. Alors je ne sais pas pourquoi, je me suis dit que chaque soir, le truc aurait pu rater.

Il a un geste fataliste, chiffonne sa serviette.

— Après je suis entré comme choriste à Mogador. J'avais pris des leçons de chant avec un professeur qui s'appelait Gouneau. Il était sourd. Mais il ne savait rien faire d'autre, il fallait bien qu'il gagne sa vie. Il faisait semblant d'avoir encore de l'oreille. Tout le monde était au courant, mais on lui jouait la comédie. Je me souviens, les leçons, chez lui, il était au piano et quand on chantait *Carmen,* ça donnait : *L'amour est en-fant de bordel...* Tout comme ça... Je crois qu'il savait qu'on se foutait de lui. Il devait lire sur nos lèvres. Mais il jouait le jeu, lui aussi... On se forçait à rire, mais il nous faisait de la peine. Alors, malgré nous, on s'appliquait. Il nous faisait faire des progrès, tu vois, sans le savoir. Ou alors il le savait... Tu peux demander, à tous ceux de ma génération, qui était le plus grand professeur de chant. Ils te diront : Gouneau. Parce qu'au fond, on n'apprend les choses que tout seul.

Il finit son verre de rosé. Sandra prend la bouteille et le ressert, machinalement.

— Et puis après, il y a eu les tournées. Si tu voulais avoir un rôle, il fallait que tu commences par les tournées. Il y avait une tête d'affiche, et puis dans les autres rôles, l'été, on fourrait les trop vieux, les trop jeunes... Il faut dire qu'à cette époque... Je te parle des années trente. On faisait les villes d'eaux, surtout. Les casinos. Pendant les entractes, les gens allaient danser dans la salle de bal, à côté. Et puis durant le spectacle, ils entraient ou ils sortaient, comme ils voulaient... Ça, il ne fallait pas être susceptible. Et les matinées du dimanche, ensuite, quand j'ai fait les revues... A Marseille, surtout. Jamais vu un public plus dur. Ils t'interrompaient, tu vois, en lançant des choses du genre : « Alors, la grosse, et tes nichons ? » Et si tu ne leur répondais pas, ils t'emboîtaient. Et si tu leur répondais trop haut, ils t'emboîtaient... C'étaient des rapports dont on n'a pas idée, aujourd'hui, avec le public. C'étaient les arènes. Ça ne suffisait pas d'avoir du talent, il fallait des tripes. Mais celui qui s'en tirait, là, c'était quelqu'un. Un soir, à Lyon... C'était juste après la guerre. J'avais repris les tournées, une des premières villes, ç'a été Lyon. Je ne sais plus pourquoi, on avait senti le chahut monter, mes acteurs avaient haussé le ton, c'était la seule chose à faire, leur tenir tête... Mais juste après, j'avais la pantoche. La pantomime. C'était trop tard pour la couper, il y avait des changements de costumes, tout ça... Je savais que c'était foutu, qu'ils emboîteraient pendant le silence. Tu ne peux pas savoir ce qu'on ressent dans ces moments-là... Enfin si, tu l'as vu, l'autre soir... J'imaginais mes danseurs, derrière le rideau, qui se préparaient à entrer, comme on va au casse-pipe. Alors il m'est venu une idée. Une illumination. J'étais au promenoir. A côté de moi il y avait une femme, toute seule, l'air comme il faut, et qui dévorait des yeux le spectacle. Je me suis approché d'elle, je me suis présenté, et je lui ai demandé de s'évanouir. J'ai dit que c'était une question de vie ou de mort, pour la revue. Alors, crois-moi ou pas, elle m'a regardé — et ça, je n'oublierai jamais ce regard... Elle m'a regardé et elle s'est laissée aller dans mes bras, en fermant les yeux. J'ai crié qu'une femme avait un malaise, tout le monde a tourné la tête, on l'a sortie, et ça n'a pas loupé : la salle s'est calmée d'un coup. On a pu enchaîner.

Il porte le verre à ses lèvres, le repose. Son regard s'est embué.

— On l'avait mise sur un canapé, au foyer. Au bout d'un moment, je me suis dit : quand même, la pauvre, c'était peut-être sa distraction de l'année, et moi je la fais sortir... Je suis allé la voir. On rejouait le lendemain, je l'ai invitée. On a parlé. Elle venait de la campagne. Elle était teinturière, dans la boutique de ses parents. Elle avait trente ans. C'était la première fois qu'elle entrait dans un théâtre. Son fiancé aurait dû l'emmener, mais il avait la grippe. Il était teinturier, lui aussi. Elle était belle comme une Bourguignonne, tu vois, à la fois solide et fragile... Je voulais tout savoir sur elle. Cet enthousiasme pour mon spectacle, et puis cette fille qui n'avait jamais rien vu, qui allait passer sa vie dans les draps et les pantalons... Ça me rendait fou. Je ne sais pas ce qui s'est passé. J'avais trente-sept ans. Il y a eu l'entracte, et puis j'ai manqué le lever de rideau. C'était la première fois que ça m'arrivait. Le lendemain je suis allé voir les teinturiers. Tout juste s'ils ne m'ont pas mis à la porte. Alors quand on a plié bagage, qu'on a quitté Lyon, j'ai emmené Marie avec moi. Je l'ai épousée à la fin de la tournée…

Il plie machinalement sa serviette, la déplie. Ils restent silencieux un moment. Le garçon débarrasse, apporte des cafés.

— C'est drôle, dit-elle, comme on a été ensemble pendant quinze jours, sans se parler, au fond.

Il avale sa salive.

— Qu'est-ce que vous allez faire, maintenant?

Il tourne la cuillère dans son café. Il a oublié de mettre le sucre et elle le lui rajoute sans qu'il s'en aperçoive.

— Et toi? demande-t-il.

— Moi, je peux tout faire. Partir n'importe où, avec n'importe qui… Mais ce n'est pas facile non plus.

Elle se tait. Il réalise qu'ils sont n'importe où, qu'il est n'importe qui. A nouveau elle a dix-huit ans et il est veuf. Il avale une gorgée de café, rengaine sa vie. Le soleil est descendu sous le toit de cannisses, l'aveugle. Il sort son portefeuille et tire un billet. Le rosé lui est monté à la tête, il voudrait être seul, ne plus penser, ne plus écouter. L'idée de la solitude qu'il retrouvera ce soir, tout à l'heure, lui gâche la présence de Sandra, l'emplit d'une détresse hostile. Il ne veut plus de sa légèreté, de sa jeunesse, de ses n'importe où. La vague de passé qui l'a remis à flot s'est retirée, le laissant dans un présent vide.

Ils retournent à la voiture. Les coussins noirs sont chauds, les chromes brûlants. Le vent est tombé et une odeur d'aiguilles sèches monte de sous les pins. Ils ne parlent pas. Sandra le sent buté, il la voit déçue et chacun s'en veut, essaie de retrouver l'autre. Des bruits d'ailes froissent le silence, la route sinue entre les propriétés. Des cigales crissent de temps en temps derrière les grilles. Soudain le radiotéléphone de la voiture bourdonne, Émile sursaute et décroche sans réfléchir. Sandra pince les lèvres, il réalise aussitôt, suspend son geste. Elle lui prend le combiné des mains, stoppe.

— Allô, Fabienne ?

Il lui fait signe de raccrocher, elle lui fait signe que c'est trop tard.

— Fabienne ?

— Oui...

Elle a imité la voix feutrée de la femme qui vole vers Los Angeles.

— C'est Charles. Non, ne raccrochez pas. Écoutez... Vous êtes... vous êtes libre, là ?

Une voiture klaxonne, derrière, elle coince le combiné sous son menton et redémarre. Mimique à l'adresse d'Émile.

— Non.

— Écoutez, Fabienne...

Le timbre est sourd, le ton pressant.

— Écoutez, je ne veux pas que vous croyiez, pour la dernière fois... Simplement j'ai eu des traites, vous savez ce que c'est... Mais la semaine prochaine, je vous promets... Écoutez, essayez de passer, aujourd'hui, je vous en prie. N'importe quand... Pas à Nice, je serai à Saint-Paul. Chemin des Gardettes, vous vous souvenez ? *La Tourterelle*. Je vous donnerai ce que je peux, mais il faut que je vous voie, absolument... Non, je ne vous méprise pas, je respecte votre vie, jamais plus je n'essaierai de vous retenir. Je m'en fiche, d'être un client comme les autres, ça n'a pas d'importance. Je ne vous demande rien, mais je ne peux pas me passer de vous. Vos... enfin... Vous ne pouvez pas savoir... Vos mains, vos jambes...

Sandra hausse les sourcils, rattrape le combiné. Émile qui entend la voix fait mine de regarder ailleurs, même si ça ne s'adresse pas à Sandra, il a l'impression d'être indiscret. Elle le consulte rapidement.

— Bon, on verra, tranche-t-elle.

Et elle raccroche. Émile s'est tourné vers elle Elle s'arrête sur le bas-côté, éclate de rire.

— C'est une pute !

Elle se renverse en arrière, tapant sur le volant.

— Tu crois ?

— Ah non, c'est la meilleure, ça..

Elle saisit le poignet d'Émile.

— On y va ?

— Hein ?

— Je dirai que je suis une amie, que je la remplace... Ça nous paiera le dîner.

— Mais...

— Avec vous, qu'est-ce que je risque ?

Elle met son clignotant, repart.

— Bon, Saint-Paul, ça doit être Saint-Paul-de-Vence...

Il pose la main sur son bras.

— Tu parles sérieusement ?

— Pourquoi pas ? Il est peut-être beau, après tout...

Elle se mord les lèvres.

— Moi je trouve ça fantastique : on lui pique sa voiture,

on lui pique ses clients… Allez, on y va. S'il est trop laid, on dit juste bonjour.

Émile se laisse gagner par son excitation, par la situation.

— Mais… mais moi, qu'est-ce que je dirai ?

— Ben, rien. Vous serez mon mac. Mon souteneur, comme on dit.

Il croise les bras, gonfle ses joues, et ne peut se retenir de pouffer.

— Écoute… Toi… tu es incroyable…

— On lui laissera une commission, à Fabienne. Dix pour cent dans la boîte à gants.

Entre Beaulieu et Villefranche, le téléphone bourdonne à nouveau.

— Oh ! là, là, qu'est-ce qu'on est demandés…

Elle décroche, écoute, fronce les sourcils. Elle se penche vers Émile :

— Vous parlez italien ?

Il fait non de la tête.

— Alors tant pis, et elle raccroche. Dites donc, c'est la classe internationale…

— Mais comment ça se fait qu'elle l'ait laissé branché ? Ou qu'elle n'ait pas mis les abonnés absents, un truc comme ça ?

— Elle avait autre chose à penser. Vous avez vu dans quel état elle est partie…

— Et ça va sonner souvent ?

— Je ne sais pas. On verra bien.

— Mais tu pourrais faire l'amour, toi, comme ça, pour de l'argent ?

— Pourquoi pas ? Ça peut être bien. L'un n'empêche pas l'autre.

Une telle innocence, une telle enfance brille dans son regard qu'il se prend au jeu. Cette fille arrête la vie, renverse la vapeur, les sentiments... La voiture file le long de la mer.

— Au fond, ça doit être formidable, d'être pute. Enfin, call-girl. Fille volante. Vous vous rendez compte ? A chaque fois, c'est l'inconnu, vous imaginez le type que vous allez rencontrer, qui vous attend, vous l'inventez... Pourquoi ça serait sale, pourquoi ça ne serait pas bien ? Ce qu'il faut, c'est être très chère. Parce que si c'est pour aller pointer... Mais vu la voiture, ça m'étonnerait qu'on soit bon marché... Et puis ça n'empêche pas de tomber amoureuse, la preuve. Comment il est, ce Charles ? On parie ? Moi je le vois grand, la cinquantaine, un peu de brioche...

— Non, pour moi il est plutôt petit, maigrichon, avec des lunettes. Homme d'affaires...

— Une affaire d'immobilier, oui. Il est marié ?

— Mettons qu'il soit marié. Avec une femme qui s'en fout, alors, parce que pour donner ses rendez-vous dans sa maison de week-end...

Elle l'épie du coin de l'œil.

— Après tout, un souteneur, c'est une espèce de metteur en scène...

Il arrondit la bouche, passe la main sur son front, secoué par un rire silencieux.

— Écoute, ce n'est pas sérieux...

Elle se retourne vers lui et secoue la tête, les yeux plissés :

— Non...

Ils traversent le Cros-de-Cagnes. Pour voir rire ce vieil homme, pour le ressusciter, elle ferait n'importe quoi. Elle lui donne la main, il la serre, murmure :

— Merci...

Et c'est comme un accord, un traité qu'ils passent. Elle lui promet qu'il oubliera la mort, qu'il oubliera l'échec. Il se jure d'être à la hauteur, de lui donner la réplique, puisqu'elle le veut. Devant eux le feu est à l'orange, des gens se hâtent sur la chaussée. Un élan d'enthousiasme le soulève de son siège.

— Fonce, on va se payer un clouton.

— Qu'est-ce que c'est, un clouton ? demande-t-elle.

— Un clouton, c'est un piéton qui traverse sur passage clouté.

Elle appuie la main sur son klaxon, un monsieur grimpe sur le trottoir en lâchant sa bouée.

— Bonjour, clouton ! lui crie-t-elle.

Ils prennent un virage à la corde, dans un hurlement de freins.

— Tu ne sais pas ce que m'a raconté Guitry, un jour ?

— Vous l'avez connu ?

— Bien sûr.

Il parle, très vite, sans la regarder.

— Lui non plus, il n'a pas eu son bac, il s'est arrêté à la sixième. Il changeait tout le temps d'école. Seulement à l'époque, dans les cours privés, on te faisait redoubler la classe que tu avais suivie ailleurs. Alors sa sixième, il l'a faite onze fois. C'est comme ça qu'un jour, il se retrouve à la pension Hooswell. Ils ne sont que treize élèves. Dans le lot, il y a le fils du directeur, un gars de dix-huit ans. Et voilà que son père meurt, et il hérite l'école. Alors tu ne sais pas ce qu'il fait ? Tous les élèves se mettent d'accord, et il écrit aux familles pour annoncer le décès, et leur dire que c'est son oncle qui devient le directeur. Il n'a pas d'oncle. Il congédie les professeurs et ils font la fête, ils s'offrent des sorties avec les mensualités que leurs parents paient pour qu'ils s'instruisent.

Ils ont quitté la route du bord de mer, longent l'hippodrome. Sandra regarde devant elle, en cillant, mordant ses lèvres. Il passe le bras à la portière, les yeux brûlants.

— Émile.

— Oui ?

— On l'aura, la tournée.

Je voulais être l'inconnue dont on a porté les fagots, et qui se transforme en fée. Je voulais le faire revivre, je voulais le venger de la mort, des cloutons, de leurs magouilles, de la pièce avortée... Il m'avait raconté les idées de départ qu'il avait enfermées dans sa retraite. Il était resté à cause de sa femme, parce qu'il n'avait pas pu lui faire un gosse, qu'elle avait besoin de lui, et maintenant qu'elle était morte je voulais lui donner une fille. Je ne sais pas ce que je voulais. Je n'ai jamais été amoureuse, mon père a toujours été un copain, Émile avait en lui tout ce qui me manquait : la passion, l'acharnement, la violence... Je voulais qu'on me le rende.

Charles était petit, maigre, avec des lunettes. J'avais perdu. J'ai arrêté la voiture devant la maison. C'était un machin moderne, encaissé, il y avait des chênes, un silence un peu lourd, une odeur de terreau. Il s'est avancé, très inquiet. J'ai avalé mon trac et je lui ai dit que j'étais la remplaçante de Fabienne. Il a ouvert la bouche, s'est arrêté net.

— Émile Mosca, a dit Émile en lui tendant la main.

L'autre cherchait ses mots, son regard allait d'Émile à moi.

— Mais... enfin, j'attendais Fabienne...

— Oui, mais elle a dû partir d'urgence en Amérique.

— Sa mère, a expliqué Émile.

— Alors elle m'a laissé sa voiture. Si je peux vous dépanner...

On lançait nos répliques du tac au tac. Émile m'a regardée, il a marqué une hésitation, puis il a dit qu'il allait se promener dans le jardin, en me faisant un signe que je n'ai pas compris. Il s'est éloigné. Le premier moment de stupéfaction passé, le Charles m'étudiait, fixement, en serrant les dents. Et puis il a baissé les yeux, a murmuré :

— C'est... enfin, c'est Fabienne que j'attendais.

Je n'ai jamais eu d'amant de plus de vingt-cinq ans. J'aime bien ceux qui ne savent rien et à qui on fait croire n'importe quoi. Ceux qui préfèrent les moments entre chien et loup, où on ne fait pas l'amour mais où ils savent qu'on le fera, qu'ils n'ont plus à séduire, à tricher... Je me suis dit que ce Charles, avec sa cinquantaine à lunettes, son allure de clouton qui s'est beaucoup sacrifié, ça devait être pire. Il avait l'air mouillé, déplumé du canard insomniaque dans le dessin de Walt Disney. Je l'imaginais la tête basse, un polochon sous le bras. Ça m'a donné envie de rire et en même temps il m'a fait pitié, ce bonhomme qui devait être un crack en affaires et qui payait pour avoir un corps, une oreille, un mirage.

On est entrés dans sa maison. C'était provençal et design, avec des vieux meubles, des arceaux métalliques, des tomettes, des fleurs dans la cheminée. Il a hésité à me faire asseoir au salon. Je me suis dirigée vers le couloir pour l'aider, parce que tout de même. Mon cœur battait très fort, mais je me disais que c'était la curiosité. On s'est retrouvés dans sa chambre, toujours sans rien dire. Je crois qu'on avait l'air aussi piteux l'un que l'autre. Le lit était là, avec une couverture au crochet. Ça m'a rappelé le début de *Huis-Clos,* quand le garçon d'étage fait entrer Garcin en enfer: « Alors voilà. — Voilà. — C'est comme ça... — C'est comme ça. — Je... Je pense qu'à la longue on doit s'habituer aux meubles. »

Charles attendait sans doute que je me déshabille. Que je donne le signal. Moi j'attendais qu'il ferme les rideaux, qu'il tire la couverture, qu'il enlève ses chaussettes, je ne sais quoi... Il ne bougeait pas. Et puis soudain il a dû penser qu'il était impoli de montrer si peu d'entrain. Il a essayé de prendre un air bestial. Il avait l'air d'un goal. Il s'est approché, a passé une main dans mon dos, remonté ma chemise... C'est là qu'on a entendu sur la terrasse:

— *Le roi bar-bu qui s'avance -bu qui s'avance -bu qui s'avance...*

Alors j'ai compris le signe d'Émile: comme Charles n'était pas beau, il nous donnait la sérénade pour faire diversion. La bouffée de tendresse que j'ai sentie m'a fait serrer le bras du pauvre Charles, complètement interloqué. Et j'ai appelé Émile. Il a ouvert la porte-fenêtre de la chambre. On s'est regardés comme deux rescapés et on s'est mis à parler, à se couper, à renchérir. Émile a expliqué que j'étais une actrice qui allait tenir un rôle très important, dans une coproduction, un rôle de pute, et que je me documentais. J'ai dit qu'il était mon agent. Charles a sauté de l'hébétude dans l'enthousiasme.

— Ce n'est pas vrai ? s'est-il exclamé.

Il était tout excité, revigoré par l'exceptionnel, retrouvait des couleurs. Il nous a emmenés au salon.

— Mais c'est extraordinaire ! Et moi qui marchais... Alors... c'est... c'est une sorte de caméra invisible...

— Exactement, a fait Émile.

J'ai demandé s'il ne nous en voulait pas. Il a protesté, en tapant dans ses mains, secouant la tête, nous a offert de prendre un verre.

— Et vous allez me raconter ça, c'est fantastique...

J'ai proposé d'aller faire du thé, et je les ai laissés tous les deux. Je voulais me retrouver seule avec ce bonheur qui fusait, avec la voix enflammée d'Émile. Je me sentais bouillir, j'ai mis du thé partout.

Quand je suis revenue, Charles parlait de Fabienne, penché en avant dans son fauteuil. Il balbutiait, rayonnait, l'idée que ses sentiments pouvaient être utiles à quelqu'un le transfigurait. Ses confidences devenaient des renseignements, des indications. Il disait tout. Émile écoutait, passionné, renchérissait pour en savoir plus. Je me tenais à l'écart, avec mon plateau, comme la débutante qui assiste au spectacle de la vedette, et qui cherche à comprendre comment elle fait pour envoûter le public.

Charles racontait qu'il était séparé de sa femme, sans enfants. Il versait sa vie au dossier. Il était né en Pologne, de père diplomate, il y avait fait la guerre, il parlait trois langues, il aurait voulu être interprète, son père lui avait fait suivre des études d'ingénieur, et pourtant Dieu sait qu'il n'était pas matheux... Il travaillait à IBM. Le jour tombait, il parlait dans son thé, la maison sentait l'encaustique.

Il avait aussi la passion des meubles. Le voilà debout, nous pilotant de pièce en pièce, de siècle en siècle, ouvrant des tiroirs, caressant des marqueteries, la bouche pleine de noms de rois. Il était lancé, continuait ses explications sur le même ton, comme si je devais à présent jouer un rôle d'antiquaire.

— Début XVIIIe. Regardez... Lodtz.

L'heure tournait et il s'accrochait à nous, de toutes ses marottes, de toutes ses aventures. On est restés à dîner. Émile a fait le repas, il sortait tout, réclamait des choses invraisemblables, nouait un tablier, poursuivait des recettes d'avant son mariage, me faisait remuer des sauces. Charles qui ne connaissait que le bœuf aux carottes et les escalopes panées de sa femme de ménage circulait entre nous, ébloui, goûtait. Émile a fini par nous mettre à la porte de la cuisine. J'ai pris l'apéritif avec Charles qui maintenant fouillait son enfance, en tirait des amourettes et des cabanes de planches. Il me faisait l'article. Je riais, je lui disais : je prends tout, il me serrait le poignet et par moments j'avais envie de lui, j'avais envie tout court.

— A table ! a ordonné Émile en arrivant avec une toque taillée dans *Le Monde*.

On a mangé des pommes de terre Orlof, un poulet froid Rossini, un soufflé qu'on a pris pour un flan. Charles montait de sa cave des paniers de bouteilles, les débouchait avec des précautions d'artificier, se gargarisait, nous parlait des qualités du cru, dans des termes fleuris qui ont rapidement dégénéré :

— Il a de la jupe !

— Il a du nerf !

— Il a du coffre !

On a bu et rebu, épongé les sauces avec des brioches parce qu'il n'y avait plus de pain. Charles avait épuisé sa vie, et sollicitait Émile qui lui racontait son enfance au Sénégal, ses parents photographes, lisant dans mon regard tout ce que je lui avais raconté tout à l'heure. Je ne sais pas pourquoi il faisait ça. Pour m'amuser, ou parce que son passé lui faisait mal... Il n'était plus dans sa vie, il piquait mes souvenirs qui se mêlaient dans sa mémoire aux confidences de Charles, et Charles aux anges s'exclamait : C'est comme moi ! On se tutoyait, on s'oubliait dans l'ivresse, les douleurs et les joies n'étaient plus qu'un butin qu'on partageait. Et puis le silence retombait, la nostalgie, et le poing de Charles s'abattait sur la table.

— Enfin, bon Dieu, c'est ça, la vie ! Qu'est-ce qu'ils ont, tous ? Qu'est-ce qu'ils ont ?...

Il secouait la tête, répétant sa phrase comme une mécanique, le bonheur d'un soir s'évaporait dans une existence imbécile. La dernière bouteille était vide, on s'échouait. Il a dit qu'il allait rechercher du vin, Émile a décidé qu'on descendrait tous les trois, et hop, avec nos verres, ça irait plus vite.

— *Inakafékaka,* chantait-il en tanguant dans l'escalier, *Komala-koutoumé !* Chanson des porteurs nègres dans la brousse ! *Inakafékaka*...

Charles déclamait :

— Mon verre, quand tu es plein, je te vide, quand tu es vide, je te plains !

Et il riait en loupant des marches.

Sa cave était superbe, voûtée, éclairée aux lanternes. On marchait entre des tonneaux quand brusquement il a fait volte-face. Il est venu se planter devant deux casiers d'une cinquantaine de bouteilles chacun, et a levé le bras.

— Mes neveux ! a-t-il beuglé.

Il s'est retourné vers nous, avec une joie sauvage dans les yeux. Il a claqué ses cuisses, a frotté ses mains, puis sorti son tire-bouchon en rugissant :

— Vingt ans qu'ils me font chier !

Puis il s'est massé le menton et nous a demandé lequel on préférait attaquer. Devant notre air perplexe, il s'est expliqué. A la naissance de ses petits-neveux, il leur a constitué une cave. Cinquante bouteilles chacun, du chassagne-montrachet. Ils sont nés sous un cru comme nous sous des signes du zodiaque. L'un en 61, le veinard, l'autre en 68, une année dégueulasse. Le premier est à Normale-Sup, le deuxième dans un collège technique. Aussi cons l'un que l'autre. Charles a gardé le vin pour le leur donner le jour de leur majorité. Les bouteilles de blanc commencent à virer et il les inspecte chaque semaine, torturé par l'envie et le scrupule. Le normalien boit du coca, il a demandé combien valait son vin, et en entendant le chiffre astronomique, a dit qu'il viendrait le prendre bientôt.

— Il va le vendre, ce crétin ! Et l'autre, il vient jamais. S'en foutent, et moi je me prive pour… Et merde !

Il a débouché une première bouteille, une deuxième, et on s'est soûlés aux petits-neveux.

— Il est bon, ce Lionel.

— Non, moi je préfère Benoît.

Il était minuit quand on est repartis. On n'a pas voulu coucher là pour éviter le petit déjeuner à l'aspirine, le lendemain de fête. Charles était assis sur un tonneau. Il sortait son portefeuille, anxieux, nous remplissait les poches de billets, pour nos frais, avec les gestes d'une mère qui habille ses enfants contre le froid.

— Vous reviendrez ? Si je vous téléphone…

Sa voix était faible et j'ai dit oui. On est sortis dans la nuit, se tenant l'un à l'autre, emportant les souvenirs et les revanches de notre premier client. J'avais la tête qui tournait, Émile chantait la chanson des porteurs nègres.

— Laisse, je vais conduire.

— Tu sais ?

— Bien sûr. J'ai appris en Pologne, en 40.

— En 41, j'ai rectifié.

— C'était à cheval. A cheval sur les deux, pendant le réveillon.

On est montés dans la Mustang, il a démarré, je lui ai expliqué les vitesses. On est rentrés dans un buisson, puis on a allumé les lumières et c'est allé mieux. Je lui ai demandé pourquoi il avait raconté ma vie.

— Tu comprends, moi, j'écoute, depuis que je suis à la retraite, je me suis mis à écouter, et ça servait à rien… Bon Dieu ! je ne vais pas crever sans que ça ressorte !

Il roulait en première. Il a voulu freiner, s'est trompé de pédale et j'en ai profité pour lui passer la seconde.

— Elle m'a emmerdé, si tu savais… Elle était gentille… On ne peut rien contre la gentillesse. On n'a pas le choix. On est seul, ou cocu, ou un salaud… Qu'est-ce qu'il faut, dis, qu'est-ce qu'il faut ?

Il a étouffé un renvoi.

— L'arche, tu vois, c'est ça. L'arche de Noé. Tu as vu, ce type… Le déluge. C'est ça, le paradis, s'enfermer dans un truc, un théâtre, ce que tu veux, pour échapper, sans savoir où tu vas — tu comprends, ça ? échapper…

Et puis sa voix s'est étranglée, il m'a dit merci, plusieurs fois. J'avais envie de pleurer. J'ai murmuré :

— On est dans l'arche, tous les deux…

— Oui. Et on va y faire monter tous ceux qui veulent, qui valent le coup Écoute, tu veux qu'on fasse ça ?

— Oui.

Il a posé sa main sur le téléphone.

— Il va… Tu crois qu'il va ressonner ?

— Bien sûr.

Il a fait froid tout à coup, le vent s'est levé dans la nuit.

— Vous faites encore l'amour ?

Il n'a rien dit pendant un moment. La phrase m'avait fait mal, elle était bête, la campagne n'en finissait plus sur cette route. J'ai dit :

— Ça va peut-être revenir.

Il a pressé mon genou. En passant sous un réverbère, j'ai vu son sourire qui tremblait.

— Oui. Tu as raison… Ça reviendra. Tout va revenir, tu veux ?

— Je veux.

Et il a ajouté :

— Un peu de patience…

Alors on a ri, parce que c'est lui qui avait eu ce mot,

parce que des phares venaient en face et qu'on roulait à gauche, mais on était là pour se protéger. L'auto nous a contournés par la droite en klaxonnant, on lui a rendu son salut.

— Avec nous le déluge! a-t-il crié, le bras levé.

— On va où?

— Je ne sais pas, à l'hôtel.

J'ai compté les billets que Charles avait mis dans nos poches.

— On peut se payer la *Colombe d'Or,* non?

— Et comment!

On s'est arrêtés à Saint-Paul, le long du jeu de boules où des touristes et quelques célébrités poussaient le cochonnet sous les lampions. Des épouses frissonnaient sur des chaises en regardant les étoiles. Sur le seuil de sa chambre, il m'a retenue. La gêne est passée un instant. Il a dit:

— Je voudrais tellement avoir ton âge…

Et je lui ai souri pour cette tarte à la crème, ce pied de nez à l'émotion. Porte close, je me suis dit qu'il était sincère.

Le lendemain, on s'est retrouvés sur la terrasse, tout bizarres, tout penauds. On a bu le café sous un platane. On n'osait pas parler d'hier, de crainte que le sommeil ait donné des remords à l'autre. On se regardait. On ne disait toujours rien et peu à peu la nuit revenait entre nous. Son visage se transformait, il y avait dans son regard un mélange de gratitude et d'angoisse. Alors j'ai eu peur de ce que j'avais déclenché. Je me suis sentie prisonnière, mais je l'avais voulu.

Et commença une vie à cent à l'heure, rythmée par le téléphone qui les conduisait d'appartements en villas. Leur sort était entre les mains de Fabienne : tant qu'elle restait en Amérique, ils ne risquaient rien. Si elle cessait d'être amoureuse et qu'elle rentrait, c'était la prison. Ils avaient décidé que ça vaudrait toujours mieux que l'internat ou l'hospice. Leur aventure était suspendue à son bonheur. Elle en devenait morale.

Désormais, au téléphone, Sandra précisait d'emblée qu'elle était la remplaçante, et le client qui maintenait son invitation voyait surgir ce tandem qui bouleversait le principe de la prostitution. Quand il n'était pas beau, ils refaisaient le coup du film sur les putes. S'il plaisait à Sandra, elle passait en première partie tandis qu'Émile lisait le journal au salon. Puis le spectacle proprement dit commençait. Émile changeait le programme à chaque séance. La plupart du temps, il empruntait la vie du client précédent, la reprenant à son compte. Leur seconde victime fut un industriel d'Antibes, qui en revenant de la chambre le trouva agenouillé devant un bahut.

— Vous avez une estampille de Lodtz, l'informa-t-il.

Il cueillait les clients au débotté, jouait sur l'effet de surprise, ça marchait presque à chaque fois. D'abord interdits, ils se mettaient à écouter ce petit bonhomme râblé qui s'était présenté en qualité de chaperon, de garde du corps, et peu à peu entraient dans son jeu. C'était une façon, pour eux, de meubler ces minutes en creux qui suivent un rapport sans tendresse. Émile débarquait dans l'« après », offrant la chaleur humaine en digestif. Le client satisfait prenait ça comme une aubade, celui qui restait sur sa faim comme une compensation, un moyen de retenir, de l'autre côté de la vie, cette jeune fille encore plus jolie d'avoir été maladroite. Émile accordait son bagou à la personnalité de chacun, racolait les sourires, tapinait à coups d'histoires. On l'avait pris pour un maquereau. C'était un grand-père de joie.

En cinq jours, ils ne déplorèrent qu'un pressé et deux grincheux. Fabienne avait une clientèle extraordinaire, triée sur le volet clos, allant du président de tribunal au navigateur anarchiste amarré à Cannes, du chocolatier suisse à l'érudit qui écrivait des tragédies grecques. Le radiotéléphone était une corne d'abondance qui leur apportait chaque jour de nouveaux personnages. Il y avait M. Wallstein, le banquier, pour qui Émile était corsaire, le docteur Monet-Vermont chez qui il était rescapé des pogroms… Quand ils hésitaient entre plusieurs clients qu'ils connaissaient déjà, Sandra choisissait la façon dont l'un d'eux faisait l'amour, Émile le personnage qu'il avait envie d'être. Et ils tombaient d'accord.

Elle lui parlait des clients, leur inventait des manies

rigolotes. En fait, côté pittoresque, il n'y eut guère qu'un M. Paul qui s'envoyait aux nues en shampouinant les dames et qui ne retéléphona pas, Sandra ayant sans doute les cheveux trop courts pour son plaisir. Elle s'était attendue à des raffinements de chaînes et de cuir noir, comme on en voit dans les films... Mais Fabienne avait son franc-baiser. Aucun des clients ne se prenait pour Ben-Hur, levant son martinet, aucun n'aboyait ni ne l'appelait maman. Elle était à la fois rassurée et déçue. Les voix du téléphone allumaient en elle des envies d'inconnu qui s'éteignaient sous des corps sans mystères. Alors elle faisait la passe à Émile. Quand elle sortait de la salle de bains, le client racontait au vieil homme ses ennuis gastriques en l'appelant docteur, ou lui exposait des problèmes de bail rural, ou bien l'écoutait. Si elle avait prêté son corps, c'était pour qu'on prête une oreille à Émile.

Chez Canaro, l'horticulteur, Émile était ancien avocat, hochait la tête, inventait des jurisprudences, parlait de sa vocation :

— Oui, j'étais pétainiste. D'une manière ou d'une autre, il fallait bien arrêter le massacre. Quand vous vous retrouvez en prison, vous devez constamment réfléchir, vous occuper l'esprit, parler tout seul, sinon vous ne tenez pas. Moi j'avais réussi à me procurer un bout de code civil. Pendant deux mois, j'ai pioché les statuts du fermage. C'étaient les seules feuilles qui restaient. C'est devenu ma spécialité.

La nuit, le président de la Negroni leur donnait rendez-vous dans ses locaux déserts, au sommet d'un building. En attendant son tour, Émile traversait les couloirs, s'asseyait derrière les bureaux, ouvrait les tiroirs, s'essayant dans la peau d'un patron de l'import-export. Sandra et lui sentaient le même besoin de forcer l'intimité, de s'introduire dans les existences, de pénétrer des maisons. Les clients prenaient Sandra et il leur prenait leurs rôles, leurs rêves, leur vie. L'imposture était devenue pour Émile une course contre le temps, une surenchère pour rejoindre Sandra, pour la suivre. Si les autres se servaient de son corps, lui voulait l'étonner. Toujours. Ses inventions étaient pour elle ; c'était un examen qu'il passait, à chaque fois. Il avait tellement peur qu'elle se lasse, qu'elle le rende à sa détresse... Il n'avait plus qu'elle. Sollicité à coups d'anecdotes, le client se livrait, peu à peu, entrait dans la famille, racontant des aventures qui serviraient pour le prochain. Souvent, il les remerciait tous les deux pour ce moment inattendu qu'ils lui avaient fait passer. Émile répondait : « Tout le plaisir a été pour nous. » Seuls les pêcheurs donnent aux poissons.

Des originaux continuaient à les appeler, et les rares fois où ils tombaient sur un homme apparemment sans histoire, Émile l'entreprenait, le bousculait ; de l'existence la plus banale, il faisait éclore un rêve. L'ingénieur d'IBM devenait traducteur-expert dans les ventes de Sotheby's, l'avocat rassis qui avait passé la guerre en Suisse devenait un ancien milicien, l'érudit montait sur les barricades, le marin nihiliste qui donnait des cours de voile partait dans les mers polaires couper la route aux baleiniers. Sandra pensait à ces vers de Léon-Paul Fargue, que lui avait appris Carême : « Et peut-être qu'un jour, pour de nouveaux amis Dieu tiendra ce bonheur qu'il nous avait promis. » Émile était l'intermédiaire secret, le retoucheur du destin. Il régnait sur les personnages qu'il décousait, reprisait, endossait. Il avait refermé son passé. Sa vie ne tenait plus qu'à des coups de fil.

Ils roulaient d'une ville à l'autre, décapotés, dans le soleil de juillet. Sandra était noire, Émile rouge brique. Par honnêteté, par jeu, ils dépensaient chaque jour leurs gains jusqu'au dernier sou. Plus ils faisaient de passes et plus leurs hôtels étaient chics, leurs repas copieux. Les jours de chasteté, ceinture. Sur les routes, dans l'arrière-pays, au bord de la mer, ils découvraient des heures et des lieux qui n'existent que lorsqu'on est livré au hasard.

Fabienne avait laissé les papiers de la Mustang dans la boîte à gants. Sur la carte grise, ils avaient lu son adresse. Une avenue du Mont-Boron. Ils évitaient le quartier. Ils avaient toujours un peu peur qu'un de ses amis appelle la voiture, mais non : il n'y avait que des clients. Aucun ne savait de choses précises sur elle. Elle ne parlait pas, disait-on. Son numéro de téléphone circulait de bouche à oreille, sur les ports de plaisance et dans les club-houses. Elle ne travaillait qu'à domicile.

Un jour, elle téléphona à Rémi de Béreuse, un de ses habitués. Elle était toujours à Los Angeles, elle ne reviendrait pas. Rémi lui dit le bien qu'il pensait de ses remplaçants. Il y eut un silence, puis elle lui demanda de les décrire. Alors elle partit d'un grand éclat de rire, et dit qu'ils pouvaient garder la voiture.

Rémi de Béreuse vivait avec sa mère dans une ancienne ferme de Templiers, près du Muy, au bord de l'autoroute.

Au téléphone, là où d'autres s'informaient de la couleur de ses cheveux ou de ses mensurations, il avait posé à Sandra des questions sur son bagage intellectuel. Elle avait répondu, surprise. Oui, elle avait lu Voltaire. Elle n'aimait pas trop Zola, non. Chopin, oui, mais elle le connaissait mal. Très bien, elle viendrait en jupe plissée et talons plats. Elle avait raccroché, curieuse de rencontrer le phénomène. Mais ce qu'elle avait pris pour un fantasme n'était qu'une marque d'affection. Rémi de Béreuse aimait les garçons et employait Fabienne à titre figuratif, par égard pour sa mère. La duchesse de Béreuse, descendante d'un croisé de Saint Louis, était une vieille dame aveugle et minuscule, déchirée par le passage de l'autoroute sur la terre de ses aïeux. Rémi l'entretenait dans l'illusion, par-dessus le bruit des voitures. Il lui avait confisqué la radio et lui racontait le monde à sa manière. Elle n'avait plus toute sa tête, mais souriait aux événements qui lui donnaient raison. L'Algérie était redevenue française, Charles d'Angleterre avait épousé Caroline de Monaco, les soviets avaient été balayés par une révolution chrétienne, les émirats avaient encore augmenté la facture pétrolière, bientôt les autos ne pourraient plus rouler. Quand elle avait de la fièvre ou des angoisses, Rémi faisait monter le prix du super. Il en était à quinze francs le litre. D'autres vieux s'installent dans leur passé, au temps des charrettes; Madame de Béreuse vivait dans l'avenir. Mais pour les mêmes raisons.

En accueillant Émile et Sandra dans la cour de la ferme, Rémi leur dressa un bref tableau de l'actualité de la semaine. Il se réjouit de la présence d'Émile et en fit un colonel en retraite. Émile replia l'identité de vétérinaire qui était prévue, décida d'improviser. La duchesse attendait dans une grande salle aux pierres apparentes, mi-cuisine, mi-salon, éclairée par des meurtrières. Elle était posée, très droite, sur une bergère rafistolée.

— Colonel, s'exclama-t-elle tandis qu'Émile claquait des talons, je suis ravie, mon fils m'a tant parlé de votre petite-fille... Approchez, mon enfant...

Elle toucha les vêtements de Sandra.

— Mon Dieu, quelle tenue sévère... Il faut rire, à votre âge, il faut être gaie. Nous vivons une époque extraordinaire, n'est-ce pas, colonel ? Comme je dis à Rémi : vivez, vivez. « Vivez, si m'en croyez, n'attendez à demain... » Mais nous sommes nés trop tôt, colonel. Verrons-nous seulement l'homme marcher sur la lune ?

— Mais bien sûr, mère, promit Rémi avec une œillade à Émile.

— Ce n'est qu'une question de mois, approuva Émile.

Passant l'actualité au tamis, Rémi de Béreuse conservait certaines nouvelles importantes, en cas de coup dur.

Après le dîner, la duchesse annonça un concert de musique de chambre, et on se transporta dans une écurie glaciale où trois musiciens en frac, le nez rouge, loués par Rémi à la fanfare du Muy, attaquèrent un programme que le plus vieux ânonna en s'inclinant : Chopin, Vivaldi, Schumann. Le violon manqua deux mesures et s'obstina dans l'idée que les autres allaient l'attendre. Le Prélude ressemblait à un air d'Honegger. A chaque fausse note, la duchesse se tournait vers Émile ou Sandra et souriait, penchant la tête. Émile ou Sandra lui rendaient son salut.

Le flûtiste avait la goutte au nez et reniflait dans les points d'orgue. Le trafic de l'autoroute passait sur la musique. Un cheval grattait le sol dans son box.

A la fin du dernier morceau, la duchesse s'informa poliment :

— Alors, vous avez abandonné le projet de jouer Chopin ?

Elle prononçait Tchopin. Les musiciens répondirent par des haussements d'épaules. Pendant que son fils les reconduisait, elle interrogea le colonel sur ses campagnes. Après ce concert pitoyable, Émile se sentait plus proche encore de cette vieille dame hors du temps. Il entra au 23e chasseur et partit occuper la Ruhr. Il lui fit partager les fatigues du voyage, dans le wagon à bestiaux, la neige, la boue, et puis les gardes sur la voie ferrée, sans bouger; quatre heures de repos, quatre heures de guet, les bandes molletières qui durcissent, les crampes... Le visage de la duchesse, jusque là serein, s'était brusquement tendu, figé. Sa main tremblait, elle avait froid, la voie ferrée se perdait dans ses yeux morts. Alors Émile quitta sa fiction guerrière pour la ramener dans la réalité : en fait il était clairon, il s'était dit clairon pour échapper aux corvées, et il s'était retrouvé dans un orchestre de planqués, à qui on avait bien dû apprendre le solfège. Ils répétaient au chaud pendant que les autres montaient la garde.

La duchesse lui sut gré de ce qu'elle prit pour un mensonge, et se mit à parler d'autre chose. Émile, qui depuis quatre jours vivait de la vie des autres, venait de dire quelque chose de vrai parce que son imagination avait fait mal.

Le lendemain, le téléphone sonna à Menton. Il répondit. Sandra tendit la main.

— Non, c'est pour moi.

Il dit quelques mots dans l'appareil, annonça en raccrochant :

— On déjeune chez la duchesse.

— Mais... et Vincenti ?

— Priorité.

Émile avait tranché. Il n'était plus le même, quelque chose s'était cassé entre eux. Ils ne parlaient plus. Elle pensait qu'ils n'avaient pas besoin de phrases, qu'ils étaient au-delà des mots, mais elle n'en était plus vraiment sûre. C'est difficile de savoir si on se tait parce qu'on se comprend, ou parce qu'on s'est tout dit.

Ils avaient rendez-vous le soir au-dessus de Beaulieu, un nouveau client. Ils arrivèrent à la nuit devant deux piliers surmontés d'un lion de pierre. Il n'y avait pas de portail. Sur le pilier de gauche, une plaque de marbre indiquait : CHATEAU MAHARANI. Sur celui de droite, une affiche donnait les références d'un permis de démolir. Ils remontèrent une allée de gravier, sous d'énormes platanes aux petites feuilles qui n'avaient pas dû être taillés depuis des années. De chaque côté, dans l'herbe haute, des vasques étaient recouvertes de lierre. Il y avait de la musique, un bruit de cascade. Le parc était traversé de ruisseaux, d'écluses miniatures, de petits ponts rococo. Ils roulaient au pas. Une odeur désagréable leur fit pincer le nez pendant quelques mètres. Derrière des palmiers se trouvait un enclos de grillage, vide. A la fin du tournant, ils aperçurent le château. Une sorte de pâtisserie byzantine, blanc et rose, écaillée, délabrée, avec des tentes déchirées, des volets pendants, des vitraux cassés. Deux tours pareilles à des minarets encadraient une rotonde aux tuiles bleues, assaillie par les herbes. Une camionnette était garée près d'un saule.

Sur la dernière marche de l'escalier se tenait un jeune homme vêtu de blanc. Il s'avança vers eux. Son costume était sale, froissé, ses cheveux mal peignés, sa barbe de la veille. Il ressemblait à ces colons nostalgiques qui ne sont revenus qu'à moitié. Il devait avoir vingt ans. Il leur serra la main, distraitement, sans s'inquiéter de la présence d'Émile. Ses yeux ne bougeaient pas. Il était beau. Il avait l'air abandonné de son parc.

Il les emmena derrière le château, et ils découvrirent un buffet dressé sous des magnolias. Les nappes blanches traînaient dans l'herbe. Des assiettes de sandwiches étaient disposées dans une forêt de verres à pied. Des haut-parleurs placés dans les branches diffusaient une valse. Une fleur tomba dans un plat de poulet froid. Il n'y avait personne.

Émile et Sandra se regardèrent, intrigués. Le garçon se dirigea vers le tourne-disque, un tango remplaça la valse. Il revint, lentement, invita Sandra. Elle le suivit sur une piste en planches, au bord du ruisseau. Il ne disait toujours rien. Il dansait mal, elle trébuchait, ses talons se prenaient dans les interstices. La nuit était chaude, pleine de grillons, de crapauds, de moustiques. Elle essayait de comprendre ce visage tendu, ces yeux qui regardaient au-delà d'elle, ces bras qui l'enserraient avec une violence sans but. Elle se sentait à la fois mal à l'aise et sous un charme.

Une brise soufflait, agitant les feuilles dans la musique. Un haut-parleur tomba d'un cèdre. Émile se servait à boire au buffet.

La danse s'acheva, le vent cessa. Il la conduisit vers une pièce d'eau éclairée par la lune. Une barque était amarrée à un lion de pierre, semblable à ceux qui gardaient l'entrée. Il la fit monter et s'assit en face d'elle, prit les rames. Des craquements couraient dans les arbres. Émile essayait de mettre un autre disque. Il finit par trouver le bon bouton, et un boogie-woogie déchira la nuit. Le garçon tendit les rames à Sandra, sortit un briquet de sa poche. Des nénuphars en plastique flottaient sur le bassin, chacun planté d'une bougie.

— Il y en a cent quatorze, cria-t-il. Le château a été construit en 1867.

Le vacarme du blues qu'Émile n'arrivait pas à baisser couvrit son étonnement. Elle cria :

— Vous vous appelez comment ?

Il hurla :

— Yann Retzer.

— C'est breton ?

— Et alsacien.

Il avait les traits de Robert Redford et les yeux de Montherlant. Il ouvrit son briquet, elle rama de nénuphar en nénuphar tandis qu'il allumait les bougies, penché au-dessus de l'eau. Émile s'était installé un fauteuil d'osier dans les herbes, et les regardait. Quand le bassin d'anniversaire fut tout illuminé de feux follets, Sandra ramena la barque au bord. Yann l'aida à descendre, toujours sans un sourire, l'entraîna vers le château. Elle le suivait, hypnotisée. Elle suivait Redford, Montherlant, la Bretagne et l'Alsace, les crapauds coassaient sur le blues, ses yeux brûlaient du feu des bougies. Il la conduisit à travers d'immenses salles vides, à la lueur d'une lampe à pétrole, jusqu'à une chambre d'angle où des piles de livres supportaient des planches garnies d'ouvrages de poche. Devant la cheminée, il s'assit à une table de bridge, l'invita à prendre place. Un verre était retourné au milieu d'une feuille de carton, qui portait les lettres de l'alphabet et les chiffres de 0 à 10. Il posa son doigt sur le verre et elle fit comme lui. Leurs ongles se touchèrent, il ferma les yeux. La silhouette d'un cyprès oscillait à la fenêtre, dans l'obscurité bleue. Au bout d'un moment, elle demanda :

— On attend quelqu'un ?

— Chut. Et il ajouta : Concentrez-vous.

Elle se concentra. Qu'est-ce qu'il voulait faire ? La tester ? Au lycée, quelques filles faisaient tourner les tables, pour se donner des frissons ou demander l'emploi du temps de leurs copains. Ce soir, ça ne lui paraissait pas ridicule. Les minutes passaient et elle avait l'impression de s'enfoncer quinze jours en arrière, de se retrouver derrière le contre-plaqué des coulisses, écoutant les autres, attendant son tour d'entrer en scène. Le silence s'éternisait. Puis un craquement résonna, quelque part. Elle sentit venir la crampe, ne bougea pas. Yann serra les dents, contint un mouvement d'impatience. Leurs genoux se frôlèrent sous la table. Il posa le crayon qu'il tenait dans sa main droite, prêt à noter.

— Donnez-moi votre main. L'autre.

Leurs doigts se mêlèrent et elle sentit son cœur battre

plus vite. Soudain le verre glissa vers la gauche, se mit à décrire un cercle.

— Ah ! » fit Yann avec une intonation de reproche. Et il demanda : « Qui es-tu ?

Le verre continua à tourner, se dirigea vers la lettre Z, la dépassa, remonta l'alphabet, comme pour reconnaître le terrain. Puis tout à coup il vira de bord, s'arrêta sur le H. Puis sur le E. Le N. Traversa la feuille : R. Revint : I. Il s'immobilisa. Henri. Yann poussa un soupir.

— Ce n'est pas lui. Enlève ton doigt.

Ils brisèrent la chaîne.

— Qui ça, « lui » ?

Yann ne répondit pas. Ils attendirent un moment. Il pianotait sur la feuille.

— Allons-y.

Ils reposèrent leurs doigts, et aussitôt le verre traça des arabesques au ralenti.

— Qui es-tu ? répéta Yann.

H. E. Henri.

— Encore ! Mais il nous emmerde, celui-là !

De nouveau ils coupèrent le contact, recommencèrent, rien à faire : Henri était toujours là.

— Tu vas nous foutre la paix ! s'énerva Yann.

Le verre glissa d'un trait jusqu'au bord de la table, entraînant leurs doigts, plongea, se brisa. Sandra regardait les débris sur le parquet. Yann avait l'air hagard. Doucement, elle demanda :

— Il s'est suicidé ?

Alors sa main s'abattit sur la table, il se leva, marcha, se retourna brusquement :

— Bon, combien je vous dois ?

Il l'avait entraînée dans un rêve, il la flanquait dehors. Pour la première fois la question fit mal à Sandra. Elle ne jouait plus.

— Ne me dites pas que vous êtes bénévole, dit Yann, sarcastique.

Il eut une sorte de haut-le-cœur, se remit à arpenter la pièce. Et soudain il revint s'asseoir, planta ses yeux dans les yeux de Sandra et lui parla. Il était né dans les communs, ses parents étaient gardiens. Il jouait avec les écluses du parc, quand il était gosse, tournait les manivelles, manœuvrait les vannes, graissait les rouages... Les patrons lui avaient offert un costume d'éclusier, avec une casquette : ils n'avaient pas d'enfant, il était leur attraction. Ils ne venaient que l'été. Le reste du temps, le château était à lui. C'était son terrain de jeu, son terrain de rêve, son fort grandeur nature. A quinze ans, il y avait emmené ses premières filles. Il disait « les gardiens » en parlant de ses parents. L'été il était chaste. Il y avait des réceptions une ou deux fois par semaine, au bord de la pièce d'eau, et il se promenait à travers le parc, comme dans un film, avec leur fête pour musique de fond.

A dix-sept ans, il a commencé à enlever des convives. Il espionnait derrière les bosquets, repérait la fille qui ne dansait pas, qui avait l'air de s'embêter. Il attendait qu'elle aille faire un tour, la suivait. Répugnant à jouer les dragueurs, il se disait spirite. Il proposait des expériences. Les jeunes bourgeoises de la côte, plutôt habituées au style Ray-Ban et ski nautique, étaient séduites par son air inspiré. Il n'osait pas faire d'avances, elles n'avaient pas grand-chose à dire, alors ils faisaient parler l'esprit. Une fois sur deux, ils entraient en relation avec Olaf, un Norvégien mort en 1849, et qui était son complice. Il s'exprimait de façon claire, racontait sa vie, prédisait l'avenir, donnait des dates. A la fin Yann demandait : est-ce que nous allons faire l'amour ? Le verre répondait oui. Comme il avait promis aux filles un avenir radieux, le bonheur, la liberté, les voyages, elles ne souhaitaient pas le faire mentir et la plupart du temps se laissaient sauter. Olaf les fascinait. Yann n'était que l'amant de paille. Ça ne lui faisait rien. Ses seuls regrets étaient des filles qui avaient les pieds sur terre ou l'esprit narquois, et qui rigolaient de son verre. A dix-sept ans, on se heurte souvent à la vertu, aux précautions, aux maladresses. Son obstacle à lui, c'était le scepticisme.

Et puis les patrons avaient vendu le château à un Libanais qui était venu y passer trois semaines, avait tiré des plans et déposé un permis de raser pour construire des immeubles. La préfecture le faisait attendre depuis deux ans. Les parents de Yann avaient trouvé une autre place. Le parc est à l'abandon, Yann est resté là. Il n'est plus qu'un squatter, dans un château sans meubles qu'il n'entretient pas, qu'il laisse mourir à petit feu pour le préparer aux bulldozers. Toute sa vie est là, et il n'y peut rien. Il n'a jamais voulu sortir de son enfance, le monde ne l'intéresse pas, il ne supporte sa solitude que lorsqu'il est vraiment seul, ne sait qu'attendre au milieu de souvenirs, et n'a même pas l'alibi d'être laid. Le propriétaire tolère sa présence, il le fait rire.

Pour vivre, il a abandonné ses études. Il élève des

escargots. Ses clients sont des restaurateurs du coin, des collectivités. C'est difficile, les escargots. Un cousin lui a appris le métier. Il faut les arroser tout le temps, ça sent mauvais, et ça attrape une maladie contagieuse foudroyante sur laquelle on fait des études à la faculté de Strasbourg. C'est dire que la plupart des escargots de Bourgogne sont importés du Japon. Son cheptel vient de crever, en une nuit. De toute manière les bulldozers seront là dans dix jours. Yann part demain. Quand on a mis tous ses œufs dans le même rêve et qu'on se retrouve sans rien, on devient vagabond ou on se tue, ce qui revient au même d'après les renseignements d'Olaf.

Le Libanais a perdu son agenda, lors de sa dernière visite. Yann l'a retrouvé dans l'herbe. A la fin, il y avait un répertoire de prénoms féminins, avec des numéros de téléphone et des commentaires. Il a choisi la mieux notée, Fabienne, 18 sur 20, et a téléphoné. Le Libanais va détruire son enfance, il lui emprunte une pute : la vengeance est maigre mais il s'en fout. Il a voulu offrir sa dernière fête au château, une fête pour lui tout seul, avec des invités fantômes. Il croit à la vie des pierres et le château ce soir devait revoir la fête, comme les mourants revoient leur vie.

Sandra l'écoute, médusée. Il se lève, va prendre un dossier sur une étagère, le jette sur la table. Toutes les révélations faites par Olaf sont là, consignées. Demain il part pour la Norvège, démêler une affaire de succession que le verre lui a racontée de fille en fille. Il exhibe un arbre généalogique.

— Tu comprends, le fluide, c'est une rencontre. Tout

seul, j'ai essayé, ça n'a jamais marché. Et avec toi non plus, parce que... parce que j'ai voulu tricher, tu n'étais qu'une vengeance, et voilà. Olaf ne peut pas exister entre nous.

Alors elle lui raconte Émile, la pièce, Fabienne, la vie qu'ils mènent depuis cinq jours. Et c'est à son tour d'écouter, bouche bée.

— Mais..., dit-il, mais alors pourquoi ça n'a pas marché ?

Elle hausse les épaules en souriant, lui dit :

— On essaiera une autre fois.

Il secoue la tête.

— Je dois être demain à Amsterdam. Je pars avec ma camionnette, là-bas je prendrai le bateau pour Stavanger, avec un descendant d'Olaf.

— Tu le connais ?

— Olaf m'a parlé de lui. Il sera après-demain à Amsterdam. Il a un chalutier. De toute manière je ne veux plus rester ici. C'est fini, maintenant.

Et il revient à son château, le lui explique, comme s'il voulait qu'elle l'aime, qu'il en reste quelque chose en elle.

— Tu veux que je parte avec toi ?

Alors tout bascule. C'est la première fois qu'on lui tend la main. Il n'a jamais su qu'emprunter des doigts, pour faire bouger un verre. Il regarde les lèvres qui ont prononcé ces mots : *Partir, avec toi.* Et Sandra ne reconnaît pas le désir qui la pousse vers cet homme, ce petit homme orphelin d'une maison. Elle sait qu'elle ne remplacera jamais son château, mais elle lui ouvre les bras pour qu'il s'abrite, et c'est comme si l'enfance de Yann la protégeait à son tour. Il l'embrasse, ils glissent sur des coussins devant la cheminée. Il dit :

— Tu sais, je ne sais pas grand-chose...

Et elle répond :

— Apprends-moi.

Des hommes l'ont rendue femme, des filles l'ont rendu homme, ils se rendent l'un à l'autre.

Émile les a écoutés, derrière la porte. Il s'en va. Les parquets craquent sous ses pas, il monte des escaliers, erre dans les tours, traverse des salles vides. La voix de Yann résonne dans sa tête, racontant le château. Il essaie d'imaginer, de donner des meubles aux odeurs, des lustres aux plafonds, des toiles aux taches claires sur les murs. Il va de chambre en chambre, envahi peu à peu par le silence, par cette plainte du silence, cette agonie des pierres dont parlait Yann. Il se sent si près de ce garçon casanier, perclus de souvenirs, ce retraité de l'enfance qui va accrocher ses rêves à Sandra... C'est comme si la vie le quittait, pour se jeter dans leur vie, comme un ruisseau dans un fleuve. Il ne peut pas revenir en arrière. Il n'a pas le droit. Il doit continuer, pour Sandra, pour ces cinq jours qu'elle lui a donnés. Les voisins, la famille de Marie, la générale interrompue, les bulldozers... Les images l'assaillent, s'apaisent à mesure qu'il marche. Il a mal de ce château. Il veut qu'il vive. Les couloirs voûtés, les murs écaillés, les corniches, les toits baignés de lune entre les pignons lui redonnent une confiance, un prétexte, un but. Dix jours. Dix jours avant les bulldozers. Après tout, quand il a repris la pièce, il n'avait que deux semaines...

Ils se réveillent et rien n'a changé ; le matin n'a pas trahi leur nuit. Sandra va à la fenêtre, la Mustang a disparu. Elle essaiera plusieurs fois d'appeler, en vain : Émile a décroché. Ses remords s'effacent sous la gratitude. Elle sait qu'il a compris. De toute sa tendresse elle pense à lui, pour qu'il ne soit plus jamais vieux. Mais son cœur est ailleurs.

Avant de partir, elle va voir Carême à l'hôpital Pasteur. Il est toujours couché. On ne comprend pas ce qu'il a, il dit qu'il est sans force, s'évanouit dès qu'il pose le pied par terre. Sandra lui raconte qu'elle part explorer la Norvège, à la poursuite d'Olaf. Carême comprend qu'elle est amoureuse d'un mort, et entrevoit des perspectives qui le laissent rêveur.

Émile se rend à la mairie de Beaulieu, à la préfecture. Rien à faire, les permis sont délivrés, tout est en règle, pas d'organisation de défense du site, aucune demande de classement, de toute manière c'est trop tard. Les travaux de terrassement commencent dans un mois. Il va trouver ses clients, essaie de faire jouer des relations. On le renvoie poliment. Pendant cinq jours il a vécu sur la beauté de

Sandra, qui était un passe-partout. Sans elle, il n'a plus sa raison d'être, il n'intéresse pas. Seule la duchesse de Béreuse est restée la même. Il lui explique le drame du château qu'on va raser, et elle éclate de rire devant tant d'innocence.

— Mais voyons, colonel, vous ne lisez donc jamais les journaux ? Avec l'amnistie, vous ne risquez rien...

Son fils n'avait pu lui cacher l'accession de la gauche au pouvoir, mais il avait nuancé l'événement par une série de mesures réjouissantes, telle l'amnistie générale pour toutes les demeures anciennes menacées par l'urbanisme.

— Ah oui, se rappelle Émile, l'amnistie...

Rémi de Béreuse l'entraîne dans la pièce voisine. Il lui est reconnaissant de jouer son jeu. Il lui parle d'une entreprise parisienne, qui seule pourrait peut-être encore quelque chose.

— Ils repèrent les couvents abandonnés, les châteaux qu'on n'arrive plus à entretenir, partout en France... Ils ont pillé la moitié du Maine-et-Loire. Il faut un an pour faire classer un monument, et eux, en un mois ils le démontent. L'État s'intéresse à la fuite des capitaux, mais celle du patrimoine... Je vous donne l'adresse de leur agent sur la Côte. Si cette fois ça pouvait être un sauvetage...

Avant de partir, comme on met de l'argent dans le tronc d'un saint, Émile glisse à la duchesse :

— Vous avez entendu l'émir du Koweït ? Ça y est, ils n'ont plus de pétrole.

Il reprend l'autoroute. En parlant à Sandra, Yann a mentionné le Cap-Estel, un palace de la Basse Corniche où est descendu le Libanais. Émile se gare dans les jardins, va demander M. Mansour à la réception. On le dirige vers la piscine. L'homme écoute avec un sourire amusé. Il a trente ans, le visage mince, les mains soignées. Il renoue son peignoir de bain.

— Si cela peut vous faire plaisir... Pour moi, cela revient au même. La seule chose qui m'importe, c'est que tout soit débarrassé dans un mois.

— Ça le sera, assure Émile.

Le Libanais lui signe un papier l'autorisant à traiter avec l'entreprise. Une demi-heure plus tard, Émile est à Monaco. Il pénètre dans une tour en verre dépoli, un univers de moquette et de plantes vertes où une hôtesse en bleu le pilote, le fait attendre, l'introduit dans un bureau vitré. Le représentant de Chenner et Gould l'accueille, examine les photos du château.

— Notre carnet de commandes est malheureusement plein, cher monsieur. Tout ce que je peux faire, dans l'immédiat, c'est venir expertiser, et puis vous trouver un acquéreur. Je vois des personnes qui seraient intéressées par ce genre de style... Des Américains, des Allemands, un Belge, peut-être... Je vais leur faire envoyer les photos, et ils viendront voir sur place. Ensuite, pour les travaux...

— On m'a dit qu'en un mois, vous pouviez avoir terminé.

— Certes, mais comme je vous le disais, notre carnet de commandes... De toute manière, il faut que j'appelle Paris. Enfin, si nous trouvons un acquéreur pressé lui aussi, nous pouvons peut-être envisager un démontage partiel dans des délais qui vous conviendront...

— Partiel ?

— Oui. Vous savez, tous nos clients ne désirent pas acheter pour faire reconstruire la même chose. Ceux dont je vous ai parlé peuvent être intéressés par les tours, la rotonde... Les tuiles, qui m'ont l'air en bon état...

— Comment ? Non mais, attention, il n'est pas question de couper en tranches. On m'a dit que vous faisiez des transplantations, c'est ce qui intéresse M. Mansour. Ce n'est pas pour faire une affaire, pour brader les pierres. M. Mansour est même d'accord pour vous laisser le château, gratuitement, à condition qu'il soit enlevé d'ici un mois. Mais c'est tout ou rien.

— Écoutez, monsieur, je ne peux rien vous promettre. Le tout, d'abord, c'est de trouver l'acquéreur, ensuite nous essaierons de nous arranger. Enfin, vous pouvez assurer M. Mansour que nous ferons l'impossible.

— Bon, je vous laisse les photos, j'en ai d'autres. Vous pouvez joindre M. Mansour à l'hôtel du Cap-Estel, voilà le numéro. Moi je m'installe au château, je vous attends, j'attends votre acquéreur.

Il repart à Èze, faire son rapport à Mansour qu'il dérange dans un salon, en pleine conversation d'affaires.

— Ah, M. Mosca, fait-il en se levant.

Et il le présente à ses associés, qui lui serrent la main avec un fin sourire, en se poussant du coude.

— Donc, le problème, c'est l'acquéreur, conclut Émile. Si vous, de votre côté, vous pouviez chercher... Dans vos relations. Parce que l'autre m'a parlé d'Américains, de je ne sais quoi, mais enfin quelqu'un d'ici, ça irait plus vite.

— Très bien, M. Mosca, très bien, s'incline le Libanais en retenant son rire. Vous boirez bien quelque chose avec nous ?

Et pendant trois jours on verra Émile, de palaces en casinos, soudoyant les barmen, les plagistes, les croupiers, traquant le milliardaire. On le verra s'introduire dans les groupes, s'asseoir aux tables, annonçant : « J'ai des photos. » On le prendra pour un exhibitionniste. Il cherche un terrain au château comme on cherche un foyer à un enfant abandonné.

Les jours passent, et personne ne le prend au sérieux. Il rage, il tempête, il insiste. Il a mis toutes ses forces dans ce combat. Son pari est absurde, il le sait, il s'y cramponne, désespérément, pour oublier qu'il est seul, que tout est fini, qu'il n'est qu'un vieux arraché à sa retraite, qu'on a laissé tomber après lui avoir tout pris. D'échecs en échecs, la résignation le rattrape. Il renonce à rentrer au château, va garer la Mustang à Cimiez, dans la rue de Tintin. Il croise ses bras sur le volant, y pose sa tête. Il ne sait pas ce qu'il est venu chercher. Il revoit ce jour de pluie où il a suivi Frédéric, où il a débarqué dans la pièce. Il se retrouve aujourd'hui au même endroit, il fait beau, c'est l'été, et la parenthèse se referme.

Tintin est en train de bricoler sa mobylette sur le trottoir, avec Norbert. Ils paraissent heureux de voir Émile, lui demandent de ses nouvelles. Norbert a eu son bac avec mention. Son père est content. Tintin a échoué de quelques points à l'oral de contrôle, ce n'est pas grave, il préparera un C.A.P. Les autres vont bien, l'un vend des beignets sur la plage, deux ou trois font du camping, Frédéric s'est inscrit en socio. La pièce ? Ils la reprendront à la rentrée, peut-être, s'ils ne se sont pas perdus de vue.

Émile ne trouve rien à leur dire. Ils sont partis dans la vie, sur des rails, sans savoir s'ils auront le temps d'arriver. Tintin parle de politique étrangère, de Reagan, de Brejnev. Ses mains sont noires de cambouis, il fait des hypothèses. Norbert acquiesce, soucieux. Émile a la gorge nouée, ses poings se serrent dans ses poches.

— Et Sandra ? demande Norbert. Vous l'avez revue ?

— Non, répond Émile.

Il leur dit à un de ces jours. Il ne les reverra plus. En cinq minutes il a retrouvé sa violence, maintenant il sait qu'il ira jusqu'au bout. Il le doit à Norbert, à Tintin, à tous ces jeunes qui ont la vie « devant eux », quelle blague : vingt ans et des poussières, une vie programmée, tant d'années d'études et rien peut-être au bout. Il ne veut pas être à leur place. Il ne veut plus. Il donnerait cinq ans, dix ans, tout ce qui lui reste à vivre pour réussir à sauver le château.

Il ressort ses photos, il reprend ses démarches, sa cause perdue, sa raison d'être. Il redouble de conviction, d'émotion, d'ardeur. Il brûle ses dernières planches. Sur la terrasse du Carlton, il rencontre un producteur de cinéma qui écoute son numéro, fasciné.

— Vous avez déjà vu un château comme ça ? D'abord plus jamais vous n'en verrez, c'est fini. Fini, le XIXe ! On fout tout en l'air ! Place au béton ! Dans dix ans il ne restera plus que des ruines historiques et des saloperies modernes. Vous vous en foutez ? Mais moi, c'est toute ma vie, ce château ! Adoptez-le, bon Dieu, qu'est-ce que ça vous coûte ? Dans dix ans vous ne saurez plus quoi faire des subventions : vous serez le dernier château XIXe de la Côte.

Le producteur vient d'acheter quatre hectares près de Saint-Jeannet, en face du Baou. Il comptait se faire construire un ranch.

— Puisque je vous dis que vous n'aurez rien à payer : juste les frais de la transplantation. Je m'occupe de tout.

L'homme le suit, incrédule, visite le château pendant trois heures, accompagné de son architecte, sonde les murs, se déclare emballé.

— Qu'est-ce que je vous disais ! triomphe Émile. Au prix où est la pierre, c'est l'affaire du siècle. Bon, faites voir votre terrain, maintenant.

Il téléphone à Chenner et Gould, prévient Mansour, on se réunit chez le notaire. Le démolisseur est décommandé. Trois jours plus tard, un cortège de camions, de grues, de pelleteuses envahit le parc. Le démontage commence aussitôt, tandis que les architectes relèvent les plans. Cinquante mille tuiles, des dizaines de milliers de pierres s'en vont chaque jour, numérotées, empaquetées, une quarantaine de camions mènent un ballet sans trêve. Émile est au milieu des travaux, surveille, donne des conseils, dirige les manœuvres. Les ouvriers le contournent. Il dit « Attention » quand ils chargent les caisses, explique leur métier aux architectes. Parfois les experts condamnent une poutre, un conduit, des boiseries, Émile les défend mais le producteur veut du solide. Les briques sans valeur de l'aile nord seront remplacées.

Il s'est installé dans une pension de famille, à Beaulieu,

a réservé sa chambre le mois suivant à l'auberge de Saint-Jeannet. Les premiers jours, il se rendait à son immeuble au milieu de la nuit, comme un voleur, pour prendre son courrier. Puis il s'est entendu avec le facteur, qui réexpédie dorénavant les lettres à la pension, sans rien dire aux voisins. Sandra a écrit. Ils sont toujours à Amsterdam, bloqués par le mauvais temps. Ils n'ont pas trouvé le descendant d'Olaf. Émile suivra leur voyage, étape par étape, de fjords en forêts, de Bergen à Oslo, tandis que le château déménage. C'est un désastre, le verre a dit n'importe quoi, rien ne correspond, les recherches sont vaines, Olaf n'existe nulle part. Le paysage est très beau, ils mangent bien. Roulé par l'au-delà, Yann a retourné son verre, et trinque à la vie. Sandra écrit qu'elle est heureuse, ils ont mis leur temps perdu en commun, le monde est à eux. La vie appartient à ceux qui se lèvent tard : ils sont sortis ensemble de leur grasse matinée, déroulent leurs rêves, ils sont deux et vivent double.

Une fois par semaine, Émile va en visite au cimetière. Ses dimanches sont à Marie. Le cimetière de Caucade est situé sur une colline, boisé, reposant. Des enfants poussent du pied des boules de cyprès dans les rigoles. Au détour d'une allée, il tombe un jour sur Carême.

— Tiens, s'exclame-t-il, le type du théâtre.

Il pose son arrosoir et lui serre la main en la secouant, trois fois, heureux de la rencontre.

— Vous êtes enterré ici ?

— Hein ? Euh... ma femme, oui.

Le visage de Carême s'illumine.

— Ah ben alors, on sera voisins. Vous êtes où ? Moi je

suis 12e division, 3e allée, 4e gauche. Je reviens de la fontaine. Venez voir.

Il reprend son arrosoir et l'entraîne jusqu'à une tombe affaissée, fissurée, aux inscriptions à demi effacées, garnie de massifs extraordinaires qui débordent sur les concessions voisines.

— Elle s'appelle Aline, dit-il rayonnant. C'est elle, sur le médaillon, enfin on n'y voit pas grand-chose... Je vais l'acheter. Je n'ai pas encore l'argent, mais voyez-vous, il a fallu m'opérer du ménisque et maintenant je traîne la jambe. On m'a dit que j'allais recevoir une pension d'invalidité. Alors je vais aller m'entendre avec le directeur du cimetière et j'achèterai la concession, à tempérament.

Une lueur malicieuse danse dans son œil.

— Si je vis assez longtemps, je pourrai peut-être me la payer à perpétuité. Enfin, on verra bien... Toujours est-il qu'elle est réputée à l'état d'abandon, alors en attendant je viens tous les jours, montrer que je l'entretiens, pour pas qu'on me la reprenne. C'est qu'elle est bien située, mine de rien. Si on me dit quelque chose, je dis que je suis de la famille. Que j'étais à l'étranger et que je suis revenu, des choses comme ça. On ne peut rien me dire. Au début je prenais des précautions, mais finalement je ne fais rien d'interdit.

Il se penche et recoiffe une mèche de gazon. Il montre une inscription patinée, sur la dalle. *A notre enfant chérie*.

— J'en conclus qu'elle n'était pas mariée. Remarquez, j'en suis encore qu'à la dédicace, mais j'ai quand même une idée de sa vie. Elle s'embêtait, là, toute seule. Parce que contrairement à ce que disent les religions, l'âme, elle reste dans la matière, même quand pour ainsi dire il n'en reste rien. Tu es poussière, et tu retourneras en poussière. L'âme, c'est les milliards d'électrons qui font les cellules, et qui gardent la mémoire de toute la vie. J'ai lu des revues, à l'hôpital. C'est la grande révolution de la pensée : tout se rejoint. La science et les croyances sont enfin réconciliées, je suis bien content.

Il pousse un soupir, et arrose ses tulipes.

— Les vivants, ils sont bien gentils, mais ils sont trop occupés. Je prends le cas d'un docteur. Un docteur, finalement, ça n'a pas de vie. Déjà, quand on est une femme, la cuisine, le ménage, les responsabilités ; on n'a pas une minute à soi. Mais alors quand en plus vous avez les malades, et les blessés, toujours au téléphone, à droite et à gauche... Ce n'est plus possible. Voyez, l'ironie du sort : le travail d'un médecin, c'est d'empêcher les gens de mourir. Eh bien au bout du compte, celui qui est là-dessous, je dis qu'il est plus maître de sa vie qu'un médecin. D'ailleurs les médecins, ils commencent à le comprendre. Il n'y a qu'à voir l'euthanasie.

Il rejette sa casquette en arrière, sourit à Émile :

— Elle est née en 1895, morte en 1938. J'ai dû drôlement gratter pour arriver à lire. Finalement, on a le même âge. J'espère bien vivre encore un peu, parce que sur le plan de l'expérience, on a beau dire, c'est mieux quand l'homme est le plus vieux. Enfin voyez, l'un dans l'autre, je viens y faire ma cour. Je ne suis pas celui qui viendrait, comme ça, sans frapper : bonjour c'est moi, et je m'installe. Non, faut d'abord qu'elle s'habitue à moi, que j'y fasse des prières, que j'y arrange son jardin. Et comme ça, petit à petit, je me ferai une idée d'elle, de ce qu'elle aimait, de ce qu'elle mangeait, tout ça... Oh, elle est timide, j'y mets des formes. Il y a des femmes, vous les entendez dire : « C'est l'homme de ma vie. » Moi, peut-être que je serai l'homme de sa mort...

Il prend un air mystérieux, rentre la tête dans les épaules en se mordant les lèvres.

— J'ai réfléchi que ça sera comme un viager, mais à l'envers. Je l'achèterai, et elle sera à moi quand je serai mort. Et vous ? demande-t-il par pure amabilité.

Émile répond, l'entretient de menus potins de l'existence. Il n'écoute pas. Quand on a un pied dans la tombe, les choses de la vie n'intéressent guère. Émile prend congé, et Carême le regarde distraitement s'éloigner, dans son vieux costume de velours, le pas rapide, vers Dieu sait quoi. Il secoue la tête, s'agenouille et donne de petits coups de plantoir autour de la tombe.

— Voyez, Aline, cet homme, ce n'est pas le mauvais cheval. Je le comprends, parce que j'étais comme lui. Tout d'une pièce, quoi. Celui qui n'a pas un sens à sa vie, il a beau faire, ça ne va jamais bien loin. Je m'entends : celui qui dépend des autres, qui se fait des illusions, et quand il revient de ses illusions, ben il sait plus où aller. C'est peut-être la condition humaine, comme disait Chose, mais c'est pas une vie. Enfin, je suis mieux à ma place. Bon, faut que j'y aille, on va fermer. Bonne nuit, Aline. C'est pas l'envie qui me manque de rester, mais quand même, c'est peut-être un peu tôt. Je ne voudrais pas abuser. Allez, à demain. Au nom du Père, du Fils et du Saint-Esprit.

Émile est retourné sur le chantier de Saint-Jeannet, où

l'on commence à rebâtir le château. Il écrit à Sandra et Yann, leur envoie des mandats, sans rien leur dire ; il attendra qu'ils reviennent, que tout soit terminé, et leur fera la surprise. Il lui arrive de défaillir de joie, en imaginant leur réaction. Il les installera comme gardiens, il s'est entendu avec le producteur. Lui aussi, il s'est trouvé une concession à perpétuité.

Un jour Sandra télégraphie qu'elle rentre, et qu'elle rentre seule. En allant la chercher à la gare, Émile double une Porsche et s'encastre sous un camion.

Il est mort de jeunesse, comme on meurt de vieillesse. Les gens de son immeuble l'enterrent à côté de sa femme. Carême ira les fleurir. Sandra refera une terminale. Yann est rentré à son tour, se réinscrit en fac. Un jour, peut-être, en se promenant dans la montagne, il retrouvera son château. Ça n'a plus vraiment d'importance. L'enfance ne renaît qu'à deux. C'est le sort des solitaires de se fuir pour ne pas se perdre, de croire qu'un jour ils se retrouveront.

Les premières semaines, Sandra a été triste. Elle ne se sentait pas orpheline, c'était comme si elle avait perdu un gosse, cette souffrance qui n'a pas de nom. Chacun fait vivre ses morts comme il l'entend. Il y a ceux qu'on jardine et ceux qu'on encadre, les souvenirs qu'on nettoie et les cierges qu'on brûle. Elle a fait imprimer des faire-part, différents pour chaque client, portant l'état civil, la profession, les décorations ; la vie qu'Émile s'était inventée à chaque fois.

Au moment de les envoyer, elle a regardé les bristols classés devant elle, les adresses sur les enveloppes. Alors elle a revu une araignée qu'elle avait écrasée, un jour, et les dizaines de petites araignées qui s'échappaient du corps broyé, courant en tous sens. Elle a mélangé les faire-part, les a battus comme des cartes, et les a glissés au hasard dans les enveloppes.

IMPRESSION : B.C.I. À SAINT-AMAND (CHER)
DÉPÔT LÉGAL : MAI 1995. N° 25460 (4/344)

Collection Points

DERNIERS TITRES PARUS

R308. Aventures dans le commerce des peaux en Alaska *par John Hawkes*
R309. La Vie et demie, *par Sony Labou Tansi*
R310. Jeune Fille en silence, *par Raphaële Billetdoux*
R311. La Maison près du marais, *par Herbert Lieberman*
R312. Godelureaux, *par Eric Ollivier*
R313. La Chambre ouverte, *par France Huser*
R314. L'Œuvre de Dieu, la part du Diable, *par John Irving*
R315. Les Silences ou la vie d'une femme, *par Marie Chaix*
R316 Les Vacances du fantôme, *par Didier van Cauwelaert*
R317. Le Levantin, *par Eric Ambler*
R318. Beno s'en va-t-en guerre, *par Jean-Luc Benoziglio*
R319. Miss Lonelyhearts, *par Nathanaël West*
R320. Cosmicomics, *par Italo Calvino*
R321. Un été à Jérusalem, *par Chochana Boukhobza*
R323. L'Amazone, *par Michel Braudeau*
R324. Le Mystère de la crypte ensorcelée *par Eduardo Mendoza*
R325. Le Cri, *par Chochana Boukhobza*
R326. Femmes devant un paysage fluvial, *par Heinrich Böll*
R327. La Grotte, *par Georges Buis*
R328. Bar des flots noirs, *par Olivier Rolin*
R329. Le Stade de Wimbledon, *par Daniele Del Giudice*
R330. Le Bruit du temps, *par Ossip E. Mandelstam*
R331. La Diane rousse, *par Patrick Grainville*
R332. Les Éblouissements, *par Pierre Mertens*
R333. Talgo, *par Vassilis Alexakis*
R334. La Vie trop brève d'Edwin Mullhouse *par Steven Millhauser*
R335. Les Enfants pillards, *par Jean Cayrol*
R336. Les Mystères de Buenos Aires, *par Manuel Puig*
R337. Le Démon de l'oubli, *par Michel del Castillo*
R338. Christophe Colomb, *par Stephen Marlowe*
R339. Le Chevalier et la Reine, *par Christopher Frank*
R340. Autobiographie de tout le monde, *par Gertrude Stein*
R341. Archipel, *par Michel Rio*
R342. Texas, tome 1, *par James A. Michener*
R343. Texas, tome 2, *par James A. Michener*

R344. Loyola's blues, *par Erik Orsenna*
R345. L'Arbre aux trésors, *par Henri Gougaud*
R346. Les Enfants des morts, *par Henrich Böll*
R347. Les Cent Premières Années de Niño Cochise
par A. Kinney Griffith et Niño Cochise
R348. Vente à la criée du lot 49, *par Thomas Pynchon*
R349. Confessions d'un enfant gâté, *par Jacques-Pierre Amette*
R350. Boulevard des trahisons, *par Thomas Sanchez*
R351. L'Incendie, *par Mohammed Dib*
R352. Le Centaure, *par John Updike*
R353. Une fille cousue de fil blanc, *par Claire Gallois*
R354. L'Adieu aux champs, *par Rose Vincent*
R355. La Ratte, *par Günter Grass*
R356. Le Monde hallucinant, *par Reinaldo Arenas*
R357. L'Anniversaire, *par Mouloud Feraoun*
R358. Le Premier Jardin, *par Anne Hébert*
R359. L'Amant sans domicile fixe
par Carlo Fruttero et Franco Lucentini
R360. L'Atelier du peintre, *par Patrick Grainville*
R361. Le Train vert, *par Herbert Lieberman*
R362. Autopsie d'une étoile, *par Didier Decoin*
R363. Un joli coup de lune, *par Chester Himes*
R364. La Nuit sacrée, *par Tahar Ben Jelloun*
R365. Le Chasseur, *par Carlo Cassola*
R366. Mon père américain, *par Jean-Marc Roberts*
R367. Remise de peine, *par Patrick Modiano*
R368. Le Rêve du singe fou, *par Christopher Frank*
R369. Angelica, *par Bertrand Visage*
R370. Le Grand Homme, *par Claude Delarue*
R371. La Vie comme à Lausanne, *par Erik Orsenna*
R372. Une amie d'Angleterre, *par Anita Brookner*
R373. Norma ou l'exil infini, *par Emmanuel Roblès*
R374. Les Jungles pensives, *par Michel Rio*
R375. Les Plumes du pigeon, *par John Updike*
R376. L'Héritage Schirmer, *par Eric Ambler*
R377. Les Flamboyants, *par Patrick Grainville*
R378. L'Objet perdu de l'amour, *par Michel Braudeau*
R379. Le Boucher, *par Alina Reyes*
R380. Le Labyrinthe aux olives, *par Eduardo Mendoza*
R381. Les Pays lointains, *par Julien Green*
R382. L'Épopée du buveur d'eau, *par John Irving*
R383. L'Écrivain public, *par Tahar Ben Jelloun*
R385. Les Lèvres nues, *par France Huser*

R386. La Famille de Pascal Duarte, *par Camilo José Cela*
R387. Une enfance à l'eau bénite, *par Denise Bombardier*
R389. Tarabas, *par Joseph Roth*
R390. Replay, *par Ken Grimwood*
R391. Rabbit Boss, *par Thomas Sanchez*
R392. Aden Arabie, *par Paul Nizan*
R393. La Ferme, *par John Updike*
R394. L'Obscène Oiseau de la nuit, *par José Donoso*
R395. Un printemps d'Italie, *par Emmanuel Roblès*
R396. L'Année des méduses, *par Christopher Frank*
R397. Miss Missouri, *par Michel Boujut*
R398. Le Figuier, *par François Maspero*
R399. La Solitude du coureur de fond, *par Alan Sillitoe*
R402. La Croyance des voleurs, *par Michel Chaillou*
R403. Rock Springs, *par Richard Ford*
R404. L'Orange amère, *par Didier van Cauwelaert*
R405. Tara, *par Michel del Castillo*
R406. L'Homme à la vie inexplicable, *par Henri Gougaud*
R407. Le Beau Rôle, *par Louis Gardel*
R408. Le Messie de Stockholm, *par Cynthia Ozick*
R409. Les Exagérés, *par Jean- François Vilar*
R410. L'Objet du scandale, *par Robertson Davies*
R411. Berlin mercredi, *par François Weyergans*
R412. L'Inondation, *par Evguéni Zamiatine*
R413. Rentrez chez vous Bogner !, *par Heinrich Böll*
R414. Les Herbes amères, *par Chochana Boukhobza*
R415. Le Pianiste, *par Manuel Vázquez Montalbán*
R416. Une mort secrète, *par Richard Ford*
R417. La Journée d'un scrutateur, *par Italo Calvino*
R418. Collection de sable, *par Italo Calvino*
R419. Les Soleils des indépendances, *par Ahmadou Kourouma*
R420. Lacenaire (un film de Francis Girod)
par Georges Conchon
R421. Œuvres pré-posthumes, *par Robert Musil*
R422. Merlin, *par Michel Rio*
R423. Charité, *par Éric Jourdan*
R424. Le Visiteur, *par György Konrad*
R425. Monsieur Adrien, *par Franz-Olivier Giesbert*
R426. Palinure de Mexico, *par Fernando Del Paso*
R427 L'Amour du prochain, *par Hugo Claus*
R428. L'Oublié, *par Elie Wiesel*
R429. Temps zéro, *par Italo Calvino*
R430. Les Comptoirs du Sud, *par Philippe Doumenc*

R431. Le Jeu des décapitations, *par Jose Lezama Lima*
R432. Tableaux d'une ex, *par Jean-Luc Benoziglio*
R433. Les Effrois de la glace et des ténèbres
par Christoph Ransmayr
R434. Paris-Athènes, *par Vassilis Alexakis*
R435. La Porte de Brandebourg, *par Anita Brookner*
R436. Le Jardin à la dérive, *par Ida Fink*
R437. Malina, *par Ingeborg Bachmann*
R438. Moi, laminaire, *par Aimé Césaire*
R439. Histoire d'un idiot racontée par lui-même, *par Félix de Azúa*
R440. La Résurrection des morts, *par Scott Spencer*
R441. La Caverne, *par Eugène Zamiatine*
R442. Le Manticore, *par Robertson Davies*
R443. Perdre, *par Pierre Mertens*
R444. La Rébellion, *par Joseph Roth*
R445. D'amour P. Q., *par Jacques Godbout*
R446. Un oiseau brûlé vif, *par Agustin Gomez-Arcos*
R447. Le Blues de Buddy Bolden, *par Michael Ondaatje*
R448. Étrange séduction (Un bonheur de rencontre)
par Ian McEwan
R449. La Diable, *par Fay Weldon*
R450. L'Envie, *par Iouri Olecha*
R451. La Maison du Mesnil, *par Maurice Genevoix*
R452. La Joyeuse Bande d'Atzavara
par Manuel Vázquez Montalbán
R453. Le Photographe et ses Modèles, *par John Hawkes*
R454. Rendez-vous sur la terre, *par Bertrand Visage*
R455. Les Aventures singulières du soldat Ivan Tchonkine
par Vladimir Voïnovitch
R456. Départements et Territoires d'outre-mort
par Henri Gougaud
R457. Vendredi des douleurs, *par Miguel Angel Asturias*
R458. L'Avortement, *par Richard Brautigan*
R459. Histoire du ciel, *par Jean Cayrol*
R460. Une prière pour Owen, *par John Irving*
R461. L'Orgie, la Neige, *par Patrick Grainville*
R462. Le Tueur et son ombre, *par Herbert Lieberman*
R463. Les Grosses Rêveuses, *par Paul Fournel*
R465. Les Marches du palais, *par David Shahar*
R466. Les hommes cruels ne courent pas les rues
par Katherine Pancol
R467. La Vie exagérée de Martín Romaña
par Alfredo Bryce-Echenique

R468. Les Étoiles du Sud, *par Julien Green*
R469. Aventures, *par Italo Calvino*
R470. Jour de silence à Tanger, *par Tahar Ben Jelloun*
R471. Sous le soleil jaguar, *par Italo Calvino*
R472. Les cyprès meurent en Italie, *par Michel del Castillo*
R473. Kilomètre zéro, *par Thomas Sanchez*
R474. Singulières Jeunes Filles, *par Henry James*
R475. Franny et Zooey, *par J. D. Salinger*
R476. Vaulascar, *par Michel Braudeau*
R477. La Vérité sur l'affaire Savolta, *par Eduardo Mendoza*
R478. Les Visiteurs du crépuscule, *par Eric Ambler*
R479. L'Ancienne Comédie, *par Jean-Claude Guillebaud*
R480. La Chasse au lézard, *par William Boyd*
R481. Les Yaquils, *suivi de* Ile déserte, *par Emmanuel Roblès*
R482. Proses éparses, *par Robert Musil*
R483. Le Loum, *par René-Victor Pilhes*
R484. La Fascination de l'étang, *par Virginia Woolf*
R485. Journaux de jeunesse, *par Rainer Maria Rilke*
R486. Tirano Banderas, *par Ramón del Valle-Inclán*
R487. Une trop bruyante solitude, *par Bohumil Hrabal*
R488. En attendant les barbares, *par J. M. Coetzee*
R489. Les Hauts-Quartiers, *par Paul Gadenne*
R490. Je lègue mon âme au diable, *par Germán Castro Caycedo*
R491. Le Monde des merveilles, *par Robertson Davies*
R492. Louve basse, *par Denis Roche*
R493. La Couleur du destin
par Carlo Fruttero et Franco Lucentini
R494. Poupée blonde
par Patrick Modiano, dessins de Pierre Le-Tan
R495. La Mort de Lohengrin, *par Heinrich Böll*
R496. L'Aïeul, *par Aris Fakinos*
R497. Le Héros des femmes, *par Adolfo Bioy Casares*
R498. 1492. Les Aventures de Juan Cabezón de Castille
par Homero Aridjis
R499. L'Angoisse du tigre, *par Jean-Marc Roberts*
R500. Les Yeux baissés, *par Tahar Ben Jelloun*
R501. L'Innocent, *par Ian McEwan*
R502. Les Passagers du Roissy-Express
par François Maspero
R503. Adieu à Berlin, *par Christopher Isherwood*
R504. Remèdes désespérés, *par Thomas Hardy*
R505. Le Larron qui ne croyait pas au ciel
par Miguel Angel Asturias

R506. Madame de Mauves, *par Henry James*
R507. L'Année de la mort de Ricardo Reis, *par José Saramago*
R508. Abattoir 5, *par Kurt Vonnegut*
R509. Comme je l'entends, *par John Cowper Powys*
R510. Madrapour, *par Robert Merle*
R511. Ménage à quatre, *par Manuel Vázquez Montalbán*
R512. Tremblement de cœur, *par Denise Bombardier*
R513. Monnè, Outrages et Défis, *par Ahmadou Kourouma*
R514. L'Ultime Alliance, *par Pierre Billon*
R515. Le Café des fous, *par Felipe Alfau*
R516. Morphine, *par Mikhaïl Boulgakov*
R517. Le Fou du tzar, *par Jaan Kross*
R518. Wolf et Doris, *par Martin Walser*
R519. La Course au mouton sauvage, *par Haruki Murakami*
R520. Adios Schéhérazade, *par Donald Westlake*
R521. Les Feux du Bengale, *par Amitav Ghosh*
R522. La Spéculation immobilière, *par Italo Calvino*
R523. L'homme qui parlait d'Octavia de Cadix
par Alfredo Bryce-Echenique
R524. V., *par Thomas Pynchon*
R525. Les Anges rebelles, *par Robertson Davies*
R526. Nouveaux Contes de Bustos Domecq
par Jorge Luis Borges et Adolfo Bioy Casares
R527. Josepha, *par Christopher Frank*
R528. L'Amour sorcier, *par Louise Erdrich*
R529. L'Europe mordue par un chien, *par Christophe Donner*
R530. Les hommes qui ont aimé Evelyn Cotton, *par Frank Ronan*
R531. Agadir, *par Mohammed Khaïr-Eddine*
R532. Brigitta, *par Adalbert Stifter*
R533. Lune de miel et d'or, *par David Shahar*
R534. Histoires de vertige, *par Julien Green*
R535. Voyage en France, *par Henry James*
R536. La Femme de chambre du Titanic, *par Didier Decoin*
R537. Le Grand Partir, *par Henri Gougaud*
R538. La Boîte noire, *par Jean-Luc Benoziglio*
R539. Le Prochain sur la liste, *par Dan Greenburg*
R540. Topkapi, *par Eric Ambler*
R541. Hôtel du lac, *par Anita Brookner*
R542. L'Aimé, *par Axel Gauvin*
R543. Vends maison, où je ne veux plus vivre
par Bohumil Hrabal
R544. Enquête sous la neige, *par Michael Malone*
R545. Sérénissime, *par Frédéric Vitoux*

R546. Fleurs de ruine, *par Patrick Modiano*
R547. Les Girls du City-Boum-Boum, *par Vassilis Alexakis*
R548. Les Rives du fleuve Bleu, *par Emmanuel Roblès*
R549. Le Complexe polonais, *par Tadeusz Konwicki*
R550. La Patte du scarabée, *par John Hawkes*
R551. Sale Histoire, *par Eric Ambler*
R552. Le Silence des pierres, *par Michel del Castillo*
R553. Une rencontre en Westphalie, *par Günter Grass*
R554. Ludo & Compagnie, *par Patrick Lapeyre*
R555. Les Calendes grecques, *par Dan Franck*
R556. Chaque homme dans sa nuit, *par Julien Green*
R557. Nous sommes au regret de..., *par Dino Buzzati*
R558. La Bête dans la jungle, *par Henry James*
R559. Nouvelles démesurées, *par Adolfo Bioy Casares*
R560. Sylvie et Bruno, *par Lewis Carroll*
R561. L'Homme de Kiev, *par Bernard Malamud*
R562. Le Brochet, *par Eric Ambler*
R563. Mon valet et moi, *par Hervé Guibert*
R564. Les Européens, *par Henry James*
R565. Le Royaume enchanté de l'amour, *par Max Brod*
R566. Le Fou noir *suivi de* Le Poing fermé, *par Arrigo Boito*
R567. La Fin d'une époque, *par Evelyn Waugh*
R568. Franza, *par Ingeborg Bachmann*
R569. Les Noces dans la maison, *par Bohumil Hrabal*
R570. Journal, *par Jean-René Huguenin*
R571. Une saison ardente, *par Richard Ford*
R572. Le Dernier Été des Indiens, *par Robert Lalonde*
R573. Beatus Ille, *par Antonio Muñoz Molina*
R574. Les Révoltés de la « Bounty »
par Charles Nordhoff et James Norman Hall
R575. L'Expédition, *par Henri Gougaud*
R576. La Loi du capitaine, *par Mike Nicol*
R577. La Séparation, *par Dan Franck*
R578. Voyage autour de mon crâne, *par Frigyes Karinthy*
R579. Monsieur Pinocchio, *par Jean-Marc Roberts*
R580. Les Feux, *par Raymond Carver*
R581. Mémoires d'un vieux crocodile, *par Tennessee Williams*
R582. Patty Diphusa, la Vénus des lavabos
par Pedro Almodóvar
R583. Le Voyage de Hölderlin en France
par Jacques-Pierre Amette
R584. Les Noms, *par Don DeLillo*
R585. Le Châle, *par Cynthia Ozick*

R587. Liberté pour les ours !, *par John Irving*
R588. Mr. Stone, *par V. S. Naipaul*
R589. Loin de la troupe, *par Heinrich Böll*
R590. Dieu et nous seuls pouvons, *par Michel Folco*
R591. La Route de San Giovanni, *par Italo Calvino*
R592. En la forêt de longue attente, *par Hella S. Haasse*
R593. Lewis Percy, *par Anita Brookner*
R594. L'Affaire D., *par Charles Dickens*
Carlo Fruttero et Franco Lucentini
R595. La Pianiste, *par Elfriede Jelinek*
R596. Un air de famille, *par Michael Ondaatje*
R597. L'Ile enchantée, *par Eduardo Mendoza*
R598. Vineland, *par Thomas Pynchon*
R599. Jolie, la fille !, *par André Dubus*
R600. Le Troisième Mensonge, *par Agota Kristof*
R602. Le Déménagement, *par Jean Cayrol*
R603. Arrêt de jeu, *par Dan Kavanagh*
R605. La Belle Affaire, *par T. C. Boyle*
R606. La Rivière du sixième jour, *par Norman Maclean*
R607. Le Tarbouche, *par Robert Solé*
R609. Une femme en soi, *par Michel del Castillo*
R610. Le Parapluie jaune, *par Elsa Lewin*
R611. L'Amateur, *par André Balland*
R612. Le Suspect, *par L. R. Wright*
R613. Le Tueur des abattoirs, *par Manuel Vázquez Montalbán*
R614. Mémoires du Capitán Alonso de Contreras
par Alonso de Contreras
R615. Colère, *par Patrick Grainville*
R616. Le Livre de John, *par Michel Braudeau*
R617. Faux Pas, *par Michel Rio*
R618. Quelqu'unbis est mort, *par Jean-Luc Benoziglio*
R619. La Vie, quelque part, *par Anita Brookner*
R620. Iblis ou la Défroque du serpent, *par Armande Gobry-Valle*
R621. Fin de mission, *par Heinrich Böll*
R622. Les Mains vides, *par Maurice Genevoix*
R623. Un amour de chat, *par Frédéric Vitoux*
R624. Johnny s'en va-t-en guerre, *par Dalton Trumbo*
R625. La Remontée des cendres, *par Tahar Ben Jelloun*
R626. L'Enfant chargé de songes, *par Anne Hébert*
R628. La Terre et le Sang, *par Mouloud Feraoun*
R629. Le Cimetière des fous, *par Dan Franck*
R630. Cytomégalovirus, *par Hervé Guibert*
R631. La Maison Pouchkine, *par Andreï Bitov*

R632. La Mémoire brûlée, *par Jean-Noël Pancrazi*
R633. Le taxi mène l'enquête, *par Sam Reaves*
R634. Les Sept Fous, *par Roberto Arlt*
R635. La Colline rouge, *par France Huser*
R636. Les Athlètes dans leur tête, *par Paul Fournel*
R637. San Camilo 1936, *par Camilo José Cela*
R638. Galíndez, *par Manuel Vázquez Montalbán*
R639. China Lake, *par Anthony Hyde*
R640. Tlacuilo, *par Michel Rio*
R641. L'Élève, *par Henry James*
R642. Aden, *par Anne-Marie Garat*
R644. Dis-moi qui tuer, *par V. S. Naipaul*
R645. L'Arbre d'amour et de sagesse, *par Henri Gougaud*
R646. L'Étrange Histoire de Sir Hugo et de son valet Fledge *par Patrick McGrath*
R647. L'Herbe des ruines, *par Emmanuel Roblès*
R648. La Première Femme, *par Nedim Gürsel*
R649. Les Exclus, *par Elfriede Jelinek*
R650. Providence, *par Anita Brookner*
R651. Les Nouvelles Mille et Une Nuits, vol. 1 *par Robert Louis Stevenson*
R652. Les Nouvelles Mille et Une Nuits, vol. 2 *par Robert Louis Stevenson*
R653. Les Nouvelles Mille et Une Nuits, vol. 3 *par Robert Louis Stevenson*
R654. 1492. Mémoires du Nouveau Monde, *par Homero Aridjis*
R655. Lettres à Doubenka, *par Bohumil Hrabal*
R657. Cassandra, *par John Hawkes*
R658. La Fin des temps, *par Haruki Murakami*
R659. Mémoires d'un nomade, *par Paul Bowles*
R660. La Femme du boucher, *par Li Ang*
R661. Anaconda, *par Horacio Quiroga*
R662. Le Polygone étoilé, *par Kateb Yacine*
R663. Je ferai comme si je n'étais pas là, *par Christopher Frank*
R664. Le Divin Enfant, *par Pascal Bruckner*
R665. Un homme remarquable, *par Robertson Davies*
R666. Une sécheresse à Paris, *par Alain Chany*
R667. Charles et Camille, *par Frédéric Vitoux*
R668. Les Quatre Fils du Dr March, *par Brigitte Aubert*
R669. 33 Jours, *par Léon Werth*
R670. La Mort à Veracruz, *par Héctor Aguilar Camín*
R671. Le Bâtard de Palerme, *par Luigi Natoli*
R672. L'Ile du lézard vert, *par Eduardo Manet*

R673. Juges et Assassins, *par Michael Malone*
R674. L'Enfant de Port-Royal, *par Rose Vincent*
R675. Amour et Ordures, *par Ivan Klíma*
R676. Rue de la Cloche, *par Serge Quadruppani*
R677. Les Dunes de Tottori, *par Kyotaro Nishimura*
R678. Lucioles, *par Shiva Naipaul*
R679. Tout fout le camp !, *par Dan Kavanagh*
R680. Les Sept Solitudes de Lorsa Lopez, *par Sony Labou Tansi*
R681. Le Bout du rouleau, *par Richard Ford*
R682. Hygiène de l'assassin, *par Amélie Nothomb*
R683. Le Crime des pères, *par Michel del Castillo*
R684. Les Adieux, *par Dan Franck*
R686. Annam, *par Christophe Bataille*
R687. L'Homme de la passerelle, *par Isabelle Jarry*
R688. Bambini, *par Bertrand Visage*
R689. Nom de code : Siro, *par David Ignatius*
R690. Paradis, *par Philippe Sollers*
R691. Le Quinconce, vol. 1, *par Charles Palliser*
R692. Le Quinconce, vol. 2, *par Charles Palliser*
R693. Rituels, *par Cees Nooteboom*
R694. Félidés, *par Akif Pirinçci*
R695. Le Trouveur de feu, *par Henri Gougaud*
R696. Dumala, *par Eduard von Keyserling*
P1. Cent Ans de solitude, *par Gabriel García Márquez*
P2. Le Chevalier inexistant, *par Italo Calvino*
P3. L'Homme sans qualités, tome 1, *par Robert Musil*
P3. L'Homme sans qualités, tome 2, *par Robert Musil*
P5. Le Monde selon Garp, *par John Irving*
P6. Les Désarrois de l'élève Törless, *par Robert Musil*
P7. L'Enfant de sable, *par Tahar Ben Jelloun*
P8. La Marche de Radetzky, *par Joseph Roth*
P9. Trois Femmes *suivi de* Noces, *par Robert Musil*
P10. Un Anglais sous les tropiques, *par William Boyd*
P11. Grand Amour, *par Erik Orsenna*
P12. L'Invention du monde, *par Olivier Rolin*
P13. Rastelli raconte..., *par Walter Benjamin*
P14. Ce qu'a vu le vent d'ouest, *par Fruttero & Lucentini*
P15. L'Appel du crapaud, *par Günter Grass*
P16. L'Appât, *par Morgan Sportès*
P17. L'Honneur de Saint-Arnaud, *par François Maspero*
P18. L'Héritage empoisonné, *par Paul Levine*
P19. Les Égouts de Los Angeles, *par Michael Connelly*
P20. L'Anglais saugrenu, *par Jean-Loup Chiflet*

P21. Jacques Chirac, *par Franz-Olivier Giesbert*
P22. Questions d'adolescents, *par Christian Spitz*
P23. Les Progrès du progrès, *par Philippe Meyer*
P24. Le Paradis des orages, *par Patrick Grainville*
P25. La Rage au cœur, *par Gérard Guégan*
P26. L'Homme flambé, *par Michael Ondaatje*
P27. Ça n'est pas pour me vanter, *par Philippe Meyer*
P28. Notre homme, *par Louis Gardel*
P29. Mort en hiver, *par L. R. Wright*
P30. L'Exposition coloniale, *par Erik Orsenna*
P31. La Dame du soir, *par Dan Franck*
P32. Le Monde au bout du monde, *par Luis Sepúlveda*
P33. Brazzaville Plage, *par William Boyd*
P34. Les Nouvelles Confessions, *par William Boyd*
P35. Comme neige au soleil, *par William Boyd*
P36. Hautes Trahisons, *par Félix de Azúa*
P37. Dans la cage, *par Henry James*
P38. L'Année du déluge, *par Eduardo Mendoza*
P39. Pluie et Vent sur Télumée Miracle
par Simone Schwarz-Bart
P40. Paroles malvenues, *par Paul Bowles*
P41. Le Grand Cahier, *par Agota Kristof*
P42. La Preuve, *par Agota Kristof*
P43. La Petite Ville où le temps s'arrêta, *par Bohumil Hrabal*
P44. Le Tunnel, *par Ernesto Sabato*
P45. La Galère : jeunes en survie, *par François Dubet*
P46. La Ville des prodiges, *par Eduardo Mendoza*
P47. Le Principe d'incertitude, *par Michel Rio*
P48. Tapie, l'homme d'affaires, *par Christophe Bouchet*
P49. L'Homme Freud, *par Lydia Flem*
P50. La Décennie Mitterrand
1. Les ruptures
par Pierre Favier et Michel Martin-Roland
P51. La Décennie Mitterrand
2. Les épreuves
par Pierre Favier et Michel Martin-Roland
P52. Dar Baroud, *par Louis Gardel*
P53. Vu de l'extérieur, *par Katherine Pancol*
P54. Les Rêves des autres, *par John Irving*
P55. Les Habits neufs de Margaret
par Alice Thomas Ellis
P56. Les Confessions de Victoria Plum, *par Anne Fine*
P57. Histoires de faire de beaux rêves, *par Kaye Gibbons*

P58. C'est la curiosité qui tue les chats, *par Lesley Glaister*
P59. Une vie bouleversée, *par Etty Hillesum*
P60. L'Air de la guerre, *par Jean Hatzfeld*
P61. Piaf, *par Pierre Duclos et Georges Martin*
P62. Lettres ouvertes, *par Jean Guitton*
P63. Trois Kilos de café, *par Manu Dibango en collaboration avec Danielle Rouard*
P64. L'Ange aveugle, *par Tahar Ben Jelloun*
P65. La Lézarde, *par Édouard Glissant*
P66. L'Inquisiteur, *par Henri Gougaud*
P67. L'Étrusque, *par Mika Waltari*
P68. Leurs mains sont bleues, *par Paul Bowles*
P69. Contes d'amour, de folie et de mort, *par Horacio Quiroga*
P70. Le vieux qui lisait des romans d'amour *par Luis Sepúlveda*
P71. Rumeurs, *par Jean-Noël Kapferer*
P72. Julia et Moi, *par Anita Brookner*
P73. Déportée à Ravensbruck *par Margaret Buber-Neumann*
P74. Meurtre dans la cathédrale, *par T. S. Eliot*
P75. Chien de printemps, *par Patrick Modiano*
P76. Pour la plus grande gloire de Dieu, *par Morgan Sportès*
P77. La Dogaresse, *par Henri Sacchi*
P78. La Bible du hibou, *par Henri Gougaud*
P79. Les Ivresses de Madame Monro, *par Alice Thomas Ellis*
P80. Hello, Plum !, *par Pelham Grenville Wodehouse*
P81. Le Maître de Frazé, *par Herbert Lieberman*
P82. Dans la peau d'un intouchable, *par Marc Boulet*
P83. Entre le ciel et la terre, *par Le Ly Hayslip (avec la collaboration de Charles Jay Wurts)*
P84. Sur la route des croisades, *par Jean-Claude Guillebaud*
P85. L'Homme sans postérité, *par Adalbert Stifter*
P86. Le Nez de Mazarin, *par Anny Duperey*
P87. L'Alliance, tome 1, *par James A. Michener*
P88. L'Alliance, tome 2, *par James A. Michener*
P89. Regardez-moi, *par Anita Brookner*
P90. Si par une nuit d'hiver un voyageur, *par Italo Calvino*
P91. Les Grands Cimetières sous la lune, *par Georges Bernanos*
P92. Salut Galarneau !, *par Jacques Godbout*
P93. Liaisons étrangères, *par Alison Lurie*
P94. American Psycho, *par Bret Easton Ellis*
P95. Vingt Ans et des poussières, *par Didier van Cauwelaert*
P96. Un week-end dans le Michigan, *par Richard Ford*